# 四川文联七十年·名作卷

四川省文学艺术界联合会 编

中国书籍出版社
China Book Press

图书在版编目（CIP）数据

四川文联七十年. 2，名作卷／四川省文学艺术界联
合会编. -- 北京：中国书籍出版社，2023. 11
ISBN 978-7-5068-9630-6

Ⅰ.①四… Ⅱ.①四… Ⅲ.①文艺-作品综合集-四
川-当代 Ⅳ.①I218. 71

中国国家版本馆 CIP 数据核字（2023）第 210431 号

四川文联七十年·名作卷

四川省文学艺术界联合会　编

**图书策划**　许甜甜　成晓春
**责任编辑**　成晓春
**装帧设计**　书香力扬
**责任印制**　孙马飞　马　芝
**出版发行**　中国书籍出版社
**地　　址**　北京市丰台区三路居路 97 号（邮编：100073）
**电　　话**　（010）52257143（总编室）（010）52257140（发行部）
**电子邮箱**　eo@ chinabp. com. cn
**经　　销**　全国新华书店
**印　　刷**　四川科德彩色数码科技有限公司
**开　　本**　710 毫米×1000 毫米　1/16
**字　　数**　296 千字
**印　　张**　22
**版　　次**　2023 年 11 月第 1 版
**印　　次**　2023 年 11 月第 1 次印刷
**书　　号**　ISBN 978-7-5068-9630-6
**定　　价**　328. 00 元（全三册）

# 《四川文联七十年》丛书
# 编委会

## 编撰委员会

主　任：陈智林　　邹　瑾

副主任：刘建刚　王忠臣　江永长　仲晓玲

委　员：（按姓氏笔画排名）

王　凡　王道义　邓子强　邓　风　白　浩　杜　林

杨小兰　李　多　吴晓东　吴　彬　何　怡　张　霞

罗雪村　赵　晴　胡　文　胡　蓉　贺　嫚　高　敏

黄红军　龚仁军　寒　露

## 编辑部

主　任：江永长　仲晓玲

副主任：赵　晴　白　浩　黄红军　邓　风　贺　嫚

编　辑：肖　龙　王富强　潘存厚　蔡文君　钟　铮　杨　溢

黄芸芸　张　莹　王　娜　彭　丹　任虹宇　吴　歆

周春锋　林　静

# 顾　问

马识途　李　致　席义方　郑晓幸　朱炳宣　钟历国
黄启国　蒋东生　平志英
（以下按姓氏笔画排名）
马晓峰　王　川　王玉兰　王　迅　艾　莲　田捷砚
代　跃　刘成安　孙洪斌　李延浩　李明泉　李　树
宋　凯　杨晓阳　张令伟　张旭东　林戈尔　孟　燕
郝继伟　贾跃红　黄泽江　龚学敏　龚晓斌　梁时民
董　凡　韩　梅　童荣华　寒　露

# 前　言

1953 年 1 月，四川省文联成立。2023 年是全面贯彻党的二十大精神的开局之年，四川省文联也迎来了成立七十周年的喜庆日子。

七十年来，特别是党的十八大以来，在省委的坚强领导下，四川文艺界踔厉奋发、乘势而上，在名家培养、精品创作、对外交流、队伍建设和国内外影响力等方面，均取得了丰硕的成果。值此四川省文联成立七十周年之际，为回顾七十年发展历史，总结七十年发展经验，梳理七十年发展成就，组织工作力量，精心编撰《四川文联七十年》丛书。该书分为三卷，分别为《四川文联七十年·大事卷》《四川文联七十年·名作卷》《四川文联七十年·"三亲"卷》，旨在从历史大事、名家名作和四川文艺人"亲历、亲见、亲闻"三个方面，回顾总结四川文艺的发展历程、工作成果，为推动四川文艺高质量发展提供借鉴。

党中央高度重视文化建设和文艺发展，习近平总书记关于文化建设的一系列新思想新观点新论断，深刻阐明了新时代新文化使命的科学内涵和实践要求，为新时代新征程上传承发展中华文化赋予了重大责任、作出了科学指引。《四川文联七十年·大事卷》（以下简称《大事卷》）分为综述、大事记、获奖名录、附录四个篇章。其中，综述篇全面总结回顾四川文艺界发展概况，总结分析文艺发展规律，研判思考文艺发展趋势；大事记主要记录 1953 年至今四川文联系统的大事、要事；获奖名录重在收录 1953 年至今，各艺术门类、各事业单位获得的国际、国内重要奖项的作品、个人、集体项目等；附录收录省文联成立至今历任党组成员名单、历届主席团成员名单和各协会历届主席团成员名单。《大事卷》记录四川文艺发展成果、工作情况，真实、立体、全面描绘了四川文艺"全景图"。

《四川文联七十年·名作卷》（以下简称《名作卷》）突出以人民为中心的导向，围绕创作优秀作品，勇攀文艺高峰，集中反映四川文艺界扎根人民、扎根生活，创作反映时代发展、社会进步和人民生活富足的优秀作品情况。《名作卷》主要收录1953年以来思想精深、艺术精湛、制作精良，体现历史观、民族观、国家观、文化观的美术、摄影、书法、民间文艺（主要包括剪纸、年画、唐卡、农民画）等平面艺术作品，其中重点收录呈现党的十八大以来的创作成果。《名作卷》包括美术作品121幅、摄影作品95幅、书法作品73幅、民间文艺作品69幅。

　　《四川文联七十年·"三亲"卷》以散文、随笔、纪实等文学形式为主，记述亲身经历的事情、亲自参与的文艺创作、亲耳聆听的文艺故事，撰写身边的四川文艺人，记录在文联工作的经历等。

　　《四川文联七十年》的编辑和出版工作，得到有关部门及社会各界的鼎力支持。众多专家学者、文艺工作者和文联工作者为此倾情投入、辛勤付出，为本书的出版付出了大量心血和智慧。在此，本书编委会向大家致以衷心的感谢和敬意！

四川文联

七十年·名作卷

美术
作品

# 四川美术 70 年创作成果概述

四川美术在省文联的领导下，始终高举社会主义旗帜，唱响时代主旋律，走过了七十多年的光辉征程，涌现出了以李少言、李焕民、丰中铁、吴凡、徐匡、其加达瓦、阿鸽、林军、宋广训、吴强年等为代表的优秀版画家群体，先后创作了在新中国美术史上具有重要地位的《抗日烽火》《红岩》《南方来信》等系列插图和《初踏黄金路》《蒲公英》《主人》《鸽子》等独立作品，还有大型泥塑组雕《收租院》等作品。改革开放以来，四川美术产生了以罗中立《父亲》、叶毓山《歌乐山烈士群雕》为代表的反映现实生活、服务人民大众的新时期油画群体、雕塑群体。直到今天，四川版画、油画、雕塑、中国画、当代艺术仍然在国内外美术界拥有独特的地位和影响，奠定了四川名副其实的美术大省地位。

为响应四川省委文化强省的号召，四川美术事业迈向了新的高度，美术创作成果丰硕。吴凡的版画《蒲公英》获莱比锡世界青年美术比赛金奖；李焕民的版画《高原之母》获全国美展银奖；徐匡、阿鸽合作的版画《主人》获第六届全国美展金奖；罗中立的油画《父亲》获全国青年美展金奖；何多俊等创作的新年画《敬爱的元帅》获全国美展金奖；杨昆原、庞家俄等创作的《大买主》《聚散》先后获全国美展金奖；马振声、徐恒瑜、吴经绪的国画，朱成的雕塑先后获全国美展金奖；徐匡的版画《走过草地》获全国金奖。李焕民、其加达瓦的作品先后在日本获金奖。在首届中国西部大地情中国画大展、纪念邓小平诞辰100周年全国美术作品展、"感恩·重建"纪念"5·12"汶川大地震一周年全国美术作品展、中国百家金陵画展、全国版画展、全国青年美展等全国美术作品展览中，四川作者均有不俗表现。

党的十八大以来，广大文艺工作者

坚持以人民为中心的创作导向，围绕"出作品、出人才"的工作主线，不断"深入生活，扎根人民"，四川美术创作展现出新气象和新风貌。四川省文联、省美协精心组织了中华文明历史题材美术创作工程作品遴选、四川省重大题材美术创作工程和"大山大水·大美四川"美术创作工程等项目。中华文明历史题材美术创作工程四川入选作品有梁时民、李锛、张跃进合作中国画《李冰父子与都江堰》，李先海雕塑《中华医学》，叶毓山雕塑《唐诗仙圣》，马振声、朱理存合作中国画《忽必烈与元大都》，邓乐雕塑《汤显祖与明代戏剧》，吴绪经中国画《科举考试》，高小华、雷著华合作油画《周易·占筮》。在第十二届全国美展中，李焕民创作的版画《守望》获银奖，杨向宇创作的漫画《爱》获铜奖。这些作品充分再现了四川人民自强不息、奋发崛起的精神风貌和巴蜀大地的壮美河山，有力推动了新时代四川美术创作的大繁荣与文化事业的大发展。

立足新起点、奋进新时代，踏上新征程。在习近平新时代中国特色社会主义思想指引下，四川省美协将团结广大美术家和美术工作者，砥砺前行、团结奋进、凝心聚力、守正创新，把全身心凝聚到"抓创作、出人才"这条主线上来，积极推动四川美术高质量发展，努力谱写四川美术事业繁荣发展的新篇章，助力新时代四川文化强省建设。

## 01

中国画

《生命之歌》
中国画
180×180cm
朱理存
1992 年
获第一届巴蜀文艺奖等奖项

《新年》
中国画
110×160cm
孙林
1992 年
获第一届巴蜀文艺奖等奖项

《元蕃瑞合图》

中国画

200×180cm

尼玛泽仁

1992 年

获第二届巴蜀文艺奖等奖项

《红岭》
中国画
211×176cm
唐允明
获日中友好会馆大奖、第二届巴蜀文艺奖等奖项

《聊斋》
中国画
100×100cm
马振声
1991年
获第二届巴蜀文艺奖等奖项

《强者夺魁》
中国画
140×190cm
徐恒瑜
1993年
获第二届巴蜀文艺奖等奖项

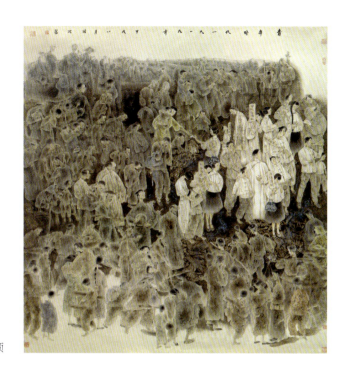

《青年时代》
中国画
180×180cm
吴绪经
1994 年
获第二届巴蜀文艺奖等奖项

《西风烈》
中国画
170×224cm
李青稞
1997 年
获第三届巴蜀文艺奖等奖项

《祥和的土地》
中国画
200×200cm
徐恒瑜
1997 年
获第三届巴蜀文艺奖等奖项

《金秋十月梦三峡》
中国画
123×247cm
管苣榈
1997 年
获第三届巴蜀文艺奖等奖项

《熊猫》
中国画
140×210cm
王申勇（王生勇）
2003 年
获第四届巴蜀文艺奖等奖项

《峻岭嵯峨》

中国画

249×184cm

孟夏

2002 年

获第四届巴蜀文艺奖等奖项

《凉山归牧》
中国画
240×120cm
彭先诚
2003 年
获第四届巴蜀文艺奖等奖项

《佛门盛世》
中国画
200×200cm
尼玛泽仁
1998 年
获第四届巴蜀文艺奖等奖项

《天边的那一片云》
中国画
178×92cm
邓枫
2002 年
获第四届巴蜀文艺奖等奖项

《包谷林》
中国画
180×180cm
梁时民
2002 年
获第四届巴蜀文艺奖等奖项

《清音》
中国画
78×104cm
姚思敏
1998 年
获"中华杯"中国画大奖赛大奖

《有故事的土地》
中国画
87×134cm
尼玛泽仁
1995 年
获第四届巴蜀文艺奖等奖项

《寒夜》
中国画
丁世谦
获第五届巴蜀文艺奖等奖项

《大熊猫》
中国画
124×220cm
王申勇（王生勇）
1999 年
获第五届巴蜀文艺奖等奖项

《挺立冰天厚》
中国画
120×120cm
梁时民
2004 年
获第五届巴蜀文艺奖等奖项

《蜀山秋色图》
中国画
何自立
获第五届巴蜀文艺奖等奖项

《南国晨曲》
中国画
安华平
获第六届巴蜀文艺奖等奖项

《悲痛与力量》
中国画
125×125cm
谢泰伟
2008 年
获第六届巴蜀文艺奖等奖项

《春潮》
中国画
138×221cm
管苠棡
2007 年
获第六届巴蜀文艺奖等奖项

《有阳光的日子》
中国画
180×190cm
龚仁军
2006 年
获第六届巴蜀文艺奖等奖项

《明天的太阳》
中国画
180×180cm
周平
2000 年
获第六届巴蜀文艺奖等奖项

《玉浴图》
中国画
180×98cm
吕应鑫
2003 年
获第六届巴蜀文艺奖等奖项

《轮回》
中国画
180×190cm
华林
2006 年
获第六届巴蜀文艺奖等奖项

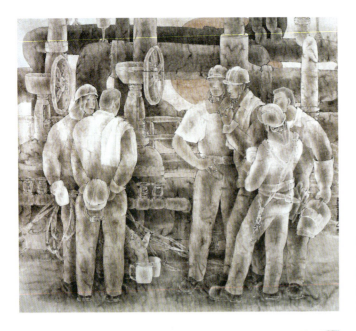

《灾后抢修组》
中国画
180×180cm
顾洪斌
2009 年
获第六届巴蜀文艺奖等奖项

《有阳光的日子之六》
中国画
180×190cm
龚仁军
2011 年
获第六届巴蜀文艺奖等奖项

《溪涧秋霭》
中国画
240×120cm
刘刚
2007 年
获第六届巴蜀文艺奖等奖项

《天菩萨》
中国画
180×97cm
米金铭、王践
2006 年
获第六届巴蜀文艺奖等奖项

《白云飞去青山瘦》
中国画
210×200cm
邓枫
2012 年
获第七届巴蜀文艺奖等奖项

《沧海笑》
中国画
200×220cm
吴浩
2010 年
获第七届巴蜀文艺奖等奖项

《古往今来》
中国画
186×97cm
李杰
2009 年
获第七届巴蜀文艺奖等奖项

《川藏公路》
中国画
230×143cm
刘忠俊
2014 年
获第八届巴蜀文艺奖等奖项

《杨升庵与桂湖》
中国画
182×131cm
陈志才
2018 年
获第八届巴蜀文艺奖等奖项

《防疫队员》
中国画
240×120cm
邓光源
2014 年
获第八届巴蜀文艺奖等奖项

《复活》
中国画
180×98cm
梁云彬
2011 年
获第八届巴蜀文艺奖等奖项

《微信》系列之一
中国画
刘秦
获第八届巴蜀文艺奖等奖项

《李冰父子与都江堰》
中国画
270×532cm
梁时民、李锛、张跃进
2016 年
获第八届巴蜀文艺奖等奖项

《竹荫清凉好读书》
中国画
177×154cm
谭清龙
2014 年
获第八届巴蜀文艺奖等奖项

《科举考试》
中国画
430×333.1cm
吴绪经、吴一箫、吴越
2016 年
中华文明历史题材美术创作工程作品，获第八届巴蜀文艺奖等奖项

《窗里窗外》
中国画
180×98cm
闫佳丽
2014 年
获第八届巴蜀文艺奖等奖项

《守望》
中国画
240×200cm
张小瑛
2014 年
获第八届巴蜀文艺奖等奖项

《花语》
中国画
190×195cm
周天
2014 年
获第九届巴蜀文艺奖等奖项

《花动一山春色》
中国画
200×190cm
邓枫
2014 年
获第九届巴蜀文艺奖等奖项

《吉祥家园》
中国画
180×194cm
李兰平
2021年
第二届全国美术教育教师作品展入会资
格作品，获第十届巴蜀文艺奖等奖项

《山青水绿鸟儿归》
中国画
211×176cm
孙林
2021 年
抱石风骨首届中国画双年展入会
资格作品，获第十届巴蜀文艺奖
等奖项

《锦瑟》
中国画
200×150cm
唐玲
2019 年
获第十届巴蜀文艺奖、第二届
四川艺术节四川文华奖艺术奖
三等奖等奖项

《秋天的况味》
中国画
220×200cm
姚思敏
2009 年
第十一届全国美展获奖提名

《羌族老寨》
中国画
220×200cm
赵建华
2009 年
第十一届全国美展获奖提名

《暖冬》
中国画
220×200cm
梁时民
2009 年
第十一届全国美展获奖提名

《信徒》
中国画
145×320cm
刘卫东
2014 年
获第九届巴蜀文艺奖等奖项

《忽必烈与元大都》
中国画
269.5×526.5cm
马振声 朱理存
2016 年
中华文明历史题材美术创作工程作品

## 02

油

画

《暖秋》
油画
100×80cm
徐光弟
1992 年
获第一届巴蜀文艺奖等奖项

《到大鲁艺去》
油画
160×150cm
庞茂琨
1992 年
获第一届巴蜀文艺奖等奖项

《黄土地的思念》
油画
张启文
获第一届巴蜀文艺奖等奖项

《自然回声》
油画
叶永青
获第二届巴蜀文艺奖等奖项

《夏日》
油画
郭维新
获第五届巴蜀文艺奖等奖项

《绿狗系列——2003》
油画
250×200cm
周春芽
2003 年
获第五届巴蜀文艺奖等奖项

《江西岁月》
油画
200×150cm
周七
2003 年
获第五届巴蜀文艺奖等奖项

《回家》
油画
180×160cm
张国忠
2003 年
获第五届巴蜀文艺奖等奖项

《一公一母》
油画
280×100cm
程丛林
2003 年
获第五届巴蜀文艺奖等奖项

《川西小路》
油画
120×200cm
简崇民
1999 年
获第五届巴蜀文艺奖等奖项

《警营写真》
油画
125×175cm
余长明
1989 年
获第六届巴蜀文艺奖等奖项

《夏夜》
油画
160×120cm
黄润生
2007 年
获第六届巴蜀文艺奖等奖项

《深秋南街图》
油画
180×140cm
黄润生
2012 年
获第七届巴蜀文艺奖等奖项

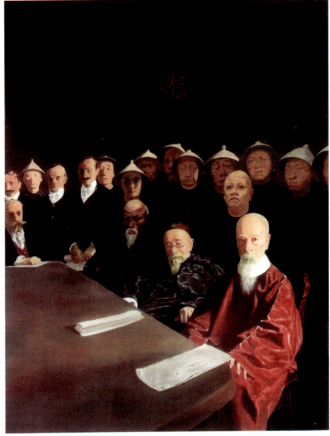

《辛丑条约》
油画
180×140cm
王子奇
2009 年
获第七届巴蜀文艺奖等奖项

《巢》
油画
320×120cm
吴汉怀
2010 年
获第七届巴蜀文艺奖等奖项

《新兵营的小丫头》
油画
220×200cm
罗敏
2009 年
获第七届巴蜀文艺奖等奖项

《出山》
油画
180×160cm
张国忠
2007 年
获第七届巴蜀文艺奖等奖项

《凝听》
油画
177×128cm
辜志勇
2014 年
获第十二届全国美展获奖提名、
第八届巴蜀文艺奖等奖项

《周易·占筮》
油画
509×380cm
高小华、雷著华
2016 年
中华文明历史题材美术创作工程作品，
获第八届巴蜀文艺奖等奖项

《老兵》
油画
100×76cm
何仁军
2017 年
获第九届巴蜀文艺奖等奖项

《山里山外》
油画
180×180cm
秦鲭
2014 年
获第九届巴蜀文艺奖等奖项

《六月卯日》
油画
195×195cm
郑尚波
2021 年
获第十届巴蜀文艺奖、时代之光·第五届中国油画展优秀作品等奖项

《父亲》
油画
140×160cm
罗中立
1980 年
获第二届全国青年美展一等奖

《飞跃》
油画
190×180cm
黄润生
2009 年
获第十一届全国美展奖提名

《高天厚地》
油画
210×160cm
黄润生
2014 年
获第十二届全国美展奖提名

## 03

版
画

《沉思》
版画
95×70cm
其加达瓦
1994 年
获第二届巴蜀文艺奖等奖项

《高原之母》
版画
65×90cm
李焕民
1996 年
获第三届巴蜀文艺奖等奖项

《私语》
版画
80×55cm
阿鸽
1990 年
获第三届巴蜀文艺奖等奖项

《春天来到草原》
版画
60×80cm
甘庭俭
2004 年
获第四届巴蜀文艺奖等奖项

《土地》
版画
150×150cm
徐仲偶
2004 年
获第五届巴蜀文艺奖等奖项

《奶奶》
版画
150×100cm
徐匡
2004 年
获第五届巴蜀文艺奖等奖项

《高原汽车兵》
版画
67×117cm
马力平、马青
2013 年
获第十二届全国美展优秀奖、第八届巴蜀文艺奖等奖项

《东汽——拖起明天的太阳》
版画
85×110cm
马力平
2009 年
获第十一届全国美展优秀奖、第七届巴蜀文艺奖等奖项

《主人》
版画
70×70cm
徐匡、阿鸽
1978 年
获第五届全国美展金奖

《远雷》
版画
90×110cm
甘庭俭
2014 年
获第八届巴蜀文艺奖等奖项

《生死不离》
版画
120×90cm
武海成、曹宇、张德林
2009 年
获第十一届全国美展奖提名

《守望》
版画
148×103cm
李焕民
2014 年
获第十二届全国美展银奖

《重建》
版画
48×108cm
黄芸芸
2009 年
获第十一届全国美展奖提名

《羌族古寨》
版画
120×85cm
盛海波
2014 年
获第十二届全国美展奖提名

《转动的经轮》
版画
150×110cm
顾洪斌、唐辉
2014 年
获第十二届全国美展奖提名

《钢骨铁筋》
版画
157×107cm
马力平、石旭
2017 年
获第十三届全国美展奖提名

《堤》
版画
62×96cm
武海成
1998 年
获第十四届全国版画展金奖

《蒲公英》
版画
34.6×16.3cm
吴凡
1959 年
获莱比锡国际书籍艺术展版
画比赛金质奖章

《走过草地》
版画
150×100cm
徐匡
2005 年
获第十七届全国版画展金奖

04

年

画

《边防战士》
年画
林清和
获第二届巴蜀文艺奖等奖项

## 05

雕
塑

《雕塑与人》
雕塑
120×110×60cm
刘威
1990 年
获第一届巴蜀文艺奖等奖项

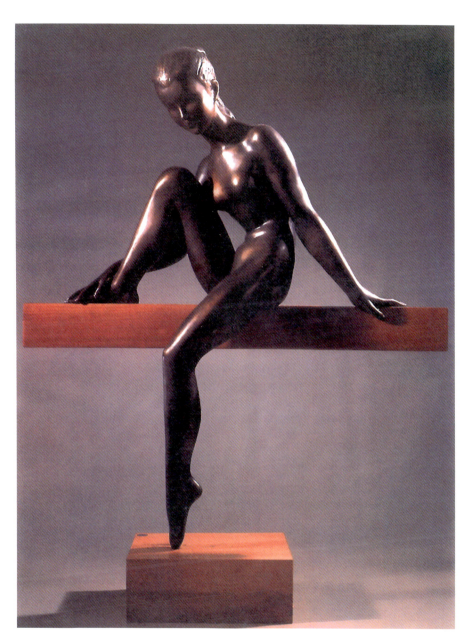

《梦要成真》
雕塑
96×79× 27cm
谭云
1993 年
获第二届巴蜀文艺奖等奖项

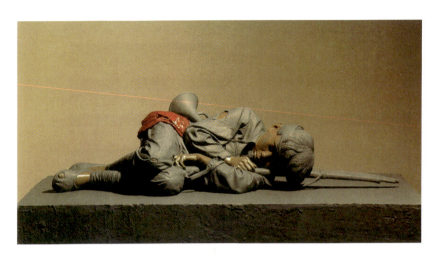

《大地之子》
雕塑
钱斯华、赵莉
获第三届巴蜀文艺奖等奖项

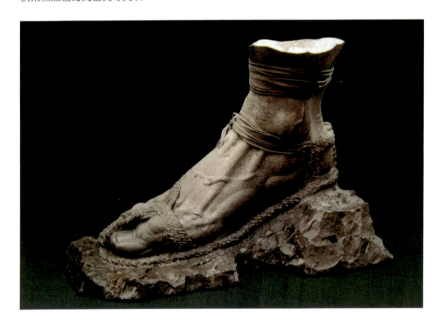

《走泥丸》
雕塑
109×75×77cm
邓乐
1996 年
获第三届巴蜀文艺奖等奖项

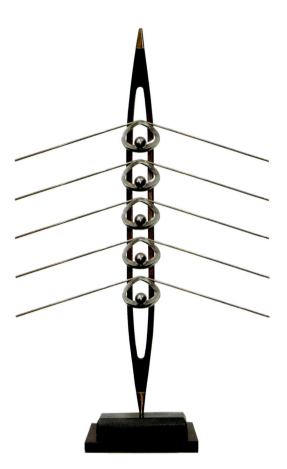

《舟影》
雕塑
160×106×20cm
邹勇
2001 年
获第四届巴蜀文艺奖等奖项

《力争上游》
雕塑
130×30×90cm
袁成龙
2021 年
获第四届巴蜀文艺奖等奖项

《高台跳水》
雕塑
35×35×95cm
叶宗明
2008 年
获第六届巴蜀文艺奖等奖项

《苦旅共甘泉》
雕塑
男：60×45×115cm
女：50×45×112cm
桌子：45×32×108cm
李先海
2009 年
获第十一届全国美展银奖、第七届巴蜀文艺奖等奖项

《中华医学》
雕塑
60×45×140cm×12
李先海
2016年
中华文明历史题材美术创作工程作品，获第八届巴蜀文艺奖等奖项

《汤显祖与明代戏剧》
雕塑
500×130×160cm
邓乐
2016年
中华文明历史题材美术创作工程作品，获第八届巴蜀文艺奖等奖项

《索玛花开》
雕塑
160×140×90cm
李树
2019 年
获第十届巴蜀文艺奖等奖项

《火车站》

雕塑

100×200×44cm

李占阳

2002 年

获第十一届全国美展奖提名

连环画

《浴血罗霄》
连环画
刘晓钟
获第一届巴蜀文艺奖等奖项

《项羽本记》
连环画
17.8×8.8cm×8
康宁、李赵名、徐贤文、张春新、杨麟翼
1991 年
获第一届巴蜀文艺奖等奖项

漫　画

《散·聚》
漫画
108×80cm
庞家夷、庞家俄
1997 年
获第三届巴蜀文艺奖等奖项

《爱》
漫画
100×70cm
杨向宇
2014 年
获第十二届全国美展铜奖、第八届巴蜀文艺奖等奖项

水彩·粉画

《打麦场上》
水彩·粉画
38×55cm
刘释凌
2014 年
获第十二届全国美展优秀奖、第八届
巴蜀文艺奖等奖项

《藏族大娘》
水彩画
55.5×45cm
刘云生
2001 年
获第四届巴蜀文艺奖等奖项

漆 画

《盛世龙舞》
漆画
78×146cm
王纯
2016 年
获第九届巴蜀文艺奖等奖项，获第四届全国漆画展入会资格作品

《顽强拼搏》
宣传画
90×120cm
刘根蓉
1994 年
获第三届巴蜀文艺奖等奖项

摄影
作品

# 四川摄影开创、传承与发展：70 年回溯之旅

1953—2023，四川省文学艺术界联合会走过 70 年历程。

七十年峥嵘岁月如歌，七十年发展气势如虹。在中国共产党的坚强领导下，亿万中国人民用双手书写了世界上最传奇的发展故事，迎来了从站起来、富起来到强起来的伟大飞跃，中华民族伟大复兴进入了不可逆转的历史进程。

文艺吹响前进号角，影像记录时代步伐。在四川省文学艺术界联合会的坚强领导下，四川摄影人用镜头倾力书写四川恢弘绚丽的发展长卷，为时代立传、为历史存真、为民族纪行、为人民画像，

定格下一幕幕永恒的瞬间、一个个闪亮的坐标。

回望这 70 年的历史，摄影艺术在四川沃土传播壮大，摄影事业从胶片时代、数码时代发展到全民摄影时代。普通百姓的生活百态、日常事件的闪光瞬间、历史节点的重要一刻、时代发展的壮阔气象，这些发生在我们每个人身边的故事，这段中华民族发展历程中激动人心的巴蜀传奇，被囊括入镜头中，成为永恒的见证。从百家"推优工程"、巴蜀文艺奖到四川省文艺精品奖励，从"恢弘改革画卷·见证巴蜀巨变"四川

省文联纪念改革开放 40 年文艺特展到"风华正茂"四川省新风景摄影作品展，系列重大文艺奖励政策出台、主题展览持续举办，激励着四川摄影人从青苗成长为参天大树、从高原勇攀艺术高峰，这些入展获奖作品如前行的路标，召唤更多的摄影人开辟出崭新境界。从中国记者在世界新闻摄影比赛中获得荣誉到四川 11 人问鼎中国摄影金像奖，点滴涓流汇聚成壮丽长河，薪火传承织就出灿烂蓝图，一幅幅作品犹如一扇扇窗户，向世人展现历史与现在、真实与梦想、深情与希望。

影像是时光的缩影。我们诚挚邀请您走进"四川摄影开创、传承与发展：70 年回溯之旅"，感受 70 年来摄影事业与人民同心、与时代同行的恢弘历程，感受岁月的涟漪和流转，感受对艺术与美的追求，开启我们对未来的无尽想象。

## 01

历史印痕

王达军《黄昏节奏》（组照之一）。
1990 年 11 月摄于西藏工布江达县，1992 年
获第二届中国摄影金像奖（中国文联、中国
摄影家协会主办）

　　陈锦《茶境》。1992 年，西坝，选自《茶馆》系列，
2012 年获第九届中国摄影金像奖创作奖（艺术类）

　　田捷砚《红土地》，选自《大地色彩 》（组照）。该组照创作于 1995 年
至 2007 年期间，主要表现的是中国大地的色彩，即红土地、黄土地、黑土地，
用艺术的表现手法和直升机航拍的视角表现从南到北中国大地的地貌。2007 年
9 月 28 日，该组照荣获第七届中国摄影金像奖创作奖（艺术类）

　　林强《最美体育场》。选自《快乐体育》（组照）。该组照创作于 1996 年至 2006 年期间，主要呈现阿布洛哈村林川小学采取土法上马、因地制宜的方式自制体育器材，孩子们能够享受到体育锻炼和体育带给他们的快乐。2007 年 9 月，林强的《远离都市的梦》（组照）与《快乐体育》（组照）荣获第七届中国摄影金像奖创作奖（纪录类）

杨麾《我的嘉陵江》（组照之一）。1996 年摄于李渡镇，背着小孩赶集的开心母女。2016 年 11 月该组照获第十一届中国摄影金像奖（纪录摄影类）

王瑞林《喜极而泣》。1998年日本第十三届世界女排锦标赛，半决赛中国
战胜俄罗斯进入决赛，主教练郎平与队员相拥庆祝。1999年获第四届中国摄影
金像奖

刘应华《拥抱，在海拔5137米的雪山之巅》。选自《雪线军人》（组照），2009年获第八届中国摄影金像奖创作奖（纪录类）

西藏色季拉山雷达阵地海拔5137米，在漫长寒冷季节里，大雪封山长达8个月之久。在这期间，阵地供给大都靠官兵肩扛背驮运上山。2008年1月23日，离春节还有13天。从内地前来雷达站休整点探亲的三名军嫂陈化飞、李艳萍和顾俊梅闻讯雷达站第二天要上阵地送给养，共同向团领导再三申请，一定要跟给养分队一起上山看望她们在阵地值班的丈夫。24日上午10时，车至阵地山脚下，通往色季拉山雷达阵地的山路被大雪掩埋得无影无踪。军嫂与给养官兵相互打气，彼此扶持，背上要送上山的蔬菜、水果、猪肉和报刊信件，蹚开一条深深的雪道，向着雷达阵地勇敢地攀援而上。经过2小时45分艰难的攀行，军嫂和给养官兵终于到达阵地。军嫂与丈夫在阵地上紧紧相拥……

　　郭际《山海间》（组照之一）。该组照创作于 2010 年至 2014 年期间，主要呈现自然风光之美。2016 年 10 月，郭际的《山海间》（组照）与《梦之湖》（组照）荣获第十一届中国摄影金像奖（艺术摄影类）

金平《日唱舞》。云南广南板江日唱舞，2018 春。选自《濮秘》（组照）。2018 年金平的《濮秘》（组照）与《喜马拉雅·七千米之上》（组照）荣获第十二届中国摄影金像奖（艺术摄影类）

　　杨建川《昆韵清梦》，西厢记《跳墙·著棋》之四（无限春愁横翠黛，一脉娇羞上粉腮）。摄于 2009 年。2014 年获第十届中国摄影金像奖创作奖（艺术类）

王建军《西藏·珠穆朗玛峰》。摄于 1979 年 11 月。2012 年获第九届中国摄影金像奖创作奖（艺术类）

田捷民《主人》。1983 年 3 月摄于凉山彝族自治州昭觉县解放区，主要呈现昔日的奴隶而今成为当家作主的主人

1984 年 9 月获第十三届全国摄影艺术展金牌奖 （中国文联、中国摄影家协会主办）

王达军《大地系列——西部奇路》（组照之一）。1989 年 1 月摄于西藏芒康县觉巴山。
1990 年获第 16 届全国影展金牌奖

　　刘应华《众志成城　托举生命》。2008年5月13日，成都军区空军1800余名官兵火速集结，奔赴彭州重灾区龙门山镇银厂沟实施紧急搜救。官兵赶至龙门山镇白水河大桥时，通往银厂沟的公路被坍塌的泥石掩埋，在白水河大桥以北约500米处，一处高约40米，坡度约60°的陡坡，成为进出银厂沟的唯一通道。陡坡经过一天一夜的雨水浸泡，道路十分泥泞难行，官兵冒雨用身体搭建人梯，运送担架，搀扶伤员和受困群众，组成了一条生命通道，为营救生命赢得了宝贵的时间。据统计，当天救援官兵通过此生命通道，共转移受伤及被困群众6600余人

　　2010年9月获第23届全国摄影艺术展金牌奖

杨建川《牡丹亭－竹园昆梦-04》。创作于 2005 年，嫋晴丝吹来闲庭院，摇漾春如线。2013 年 5 月获第 24 届全国摄影艺术金牌奖

　　田捷砚《峨眉山金顶》（组照之一）。该组照创作于 1995 年至 2002 年期间，主要呈现峨眉山的山势与众不同，其桌面上的构造非常独特，舍身崖就像是一个天然的巨型瀑布，完全垂直，陡然落下。这样的壮观景象，只有在直升机航拍中能够全方位展示

　　2002 年 10 月获第 20 届全国摄影艺术展金牌奖

　　田捷砚《阿勒泰哈巴河》(组照之一)。该组照创作于 2003 年至 2007 年期间，主要表现新疆北疆零下 40 度的地貌和人文景象，在当时条件下，把直升机的窗门打开，上身探出舱外用 120 反转胶片拍摄，由于极度寒冷，胶片在手动卷片过程中多次脆裂，食指也多次和快门冻结在一起。2007 年 10 月，该组照荣获第 22 届全国摄影艺术展金牌奖

## – 其他类别 –

李荣卿《中国人民解放军进驻拉萨》。1951 年 10 月 26 日

彭小岷《川西南"老乡"》。
摄于 1980 年代

孙忠靖《人勤苗壮》。1963
年获世界新闻摄影比赛（WORLD
PRESS PHOTO，简称"WPP"，
通称"荷赛"）荣誉奖

牟航远 《成都市中心城区航拍图》。摄于 1980 年代

赵忠路《谁的小孩——司令员与服
务员》。1980 年 3 月 5 日，拍摄于成都
火车站

王晓庄《杨百万》。1980 年摄于青年路

郝维平《中美女排决赛》。创作于 1981 年，四川财经学院（现西南财大）学生在食堂观看中美女排决赛

王尧卿 1982 年 12 月，洪雅县人民政府召开全县"勤劳致富"表彰大会，优胜代表除每人发给奖状外，各奖给当时需用"供应证"才能买到的"凤凰牌"自行车一辆

李丹《留影》。1983
年摄于成都文殊院

张新民《进城、进城》
系列作品之一。1984 年 10
月 1 日德阳县升格为省辖
市，县郊区农民蜂拥进城看
闹热，四条街全挤爆。若干
年后，他们真正开始了向城
市的进军

朱建国《老农新趣》。
1985年冬，四川邛崃火井镇，
一拨老实巴交的农民围着一张
简易的台球桌玩兴正浓。20
世纪80年代初，台球这种"贵
族"运动以惊人的速度在全国
各地普及开来

王学成《向城市进军》。
摄于1987年成都市蒲江县。改
革开放后，农民再也不怕割尾
巴，搞活了经济的农民，大胆
地向城市进军

肖全《三毛在成都》。1990 年 9 月，著名女作家、旅行家三毛在成都市柳荫街

李杰《布拖记事》。画面为正在耕种的一家人。每年春天是彝族人耕种的季节，土地承包以后都是以家庭为生产单位的劳作

罗明义《成都市青年路上的人们》。摄于 1990 年代

齐鸿《1990 年代的四川美发厅》

余坪《1993成都大炒股》。1993年
3月摄于红庙子股市

游支健《将军不下马，便知天下事》。
成都市街头。1994年，公共电话方便打

何军《闲者》。摄于 2006 年 5 月

阿斗《女孩们！》。作品选自《沙马拉达》组照，创作于 2005—2008 年期间

周孟棋《城市之变》。2007 摄于成都天府广场

杨卫华《生命的敬礼》。2008年5月13日，四川北川县，从废墟中营救的3岁儿童郎铮向解放军叔叔敬礼表示感谢

叶君《憧憬未来》。2006年4月12日摄于巴中市江北大道

高屯子《十年寻羌》（组照之一）。2009年5月6日，离"5·12"汶川大地震一周年还有6天，汶川县龙溪乡夕格、直台两寨的700多位村民离别故土，将尽数迁往200公里外的邛崃

吉庆坤《新兵的第一个军礼》。2011年12月摄于德阳市火车站

刘莉《接灵官》。选自《乡村戏班》组照。2014 年 7 月 8 日摄于泸州市合江县榕佑乡

徐献《羌族系列之二》。 2017 年 1 月，杨国之、余金花夫妇与家人的团年饭

　　黄保家《被称为"老板"的下海经商者》。1994 年 3 月摄于广元市。那时改革开放的大潮已经席卷全川，下海经商成为很多人发家致富的梦想。凡经商者都被大众称之为"老板"

## 02

时代画卷

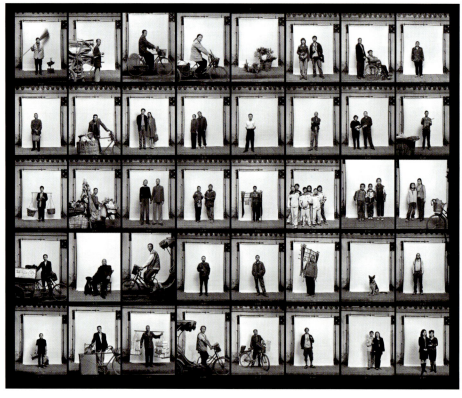

陈春林《相·一日之鉴·成都宽巷子》。分别摄于 2003 年 10 月 21 日、2021 年 6 月 21 日，这两张作品是《相·一日之鉴》系列中成都宽巷子相隔 18 年的两组照片

鲍泰良《世界杯————一步之遥》。摄于 2015 年，获荷赛体育类单幅一等奖

杜会灵《通村客
运回家娃》。2017 年
3 月 28 日摄于四川仪
陇县周河镇神溪村，
孩子们等待发车

王国荣《圆梦》。
2017 年 11 月摄于眉山
市太和镇

冉玉杰《欢乐雨》。摄于成都洛带古镇

李燊《理县桃坪羌寨》。摄于 2010 年 11 月 16 日

李小平《彝人盛装》。
2013年10月摄于凉山州
昭觉县

胡小平《彝族秋千》。
2017年10月，凉山州甘
洛县阿尔乡眉山村易地移
民点彝家新村的传统秋千

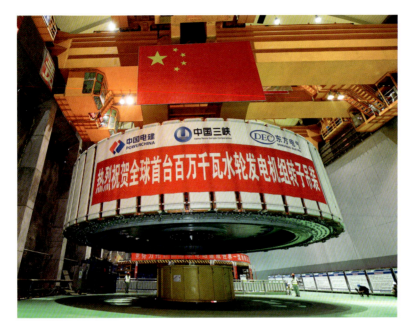

欧阳杰《大国重器》。2020 年 8 月，图为东方电气集团研制的世界首台百万千瓦水轮发电机组转子在凉山州宁南县的白鹤滩水电站成功吊装

王雨萌《青春洋溢的笑脸》。2022 年 4 月 11 日摄于成都双流

陈燮《成都造》。2014 年 12 月摄于成飞。民机工人与他们生产的 C919 大飞机机头

　　王大江《科技之光》。2022年4月，位于成都天府新区的国家重大实验装置——新一代受控核聚变研究装置被称为"人造太阳"，图为科技人员在"人造太阳"的真空舱内点亮"能源之光"

温建军《三胞胎出行》。2021 年 7 月 24 日抓拍于成都火车北站荷花池市场

袁蓉荪《夜巡古石窟》，选自《空谷妙相》《守护》系列组照。该组照创作于 2007 年至 2022 年期间，主要呈现置于古老石窟文物特定人文环境中人的自然生活形态，试图将过往与当下同构，在人与佛、静与动、虚与实以及历史与现实的往来交际中营造出一种全新的当代语境

　　白冰 《球场第 12 人》。2020 年 8 月 30 日摄于成都龙泉驿专业足球场，中甲足球联赛成都
蓉城比赛结束后感谢到场球迷

王宝超《快乐的一家子》。摄于 2017 年 8 月

祝乐军《"二胎"家庭的早餐》。2018 年 9 月摄于成都市邛崃

张岭《盛世孝和图》。2017 年 1 月摄于资阳市雁江区堪家大院

　　王大刚《勤劳致富》。2018 年 2 月 2 日摄于四川宜宾长宁县竹海镇。主要通过一对夫妻勤劳致富，为客户送鸭子的生活细节，表达农村在当地政府的帮扶下依靠养殖脱贫，过上幸福生活的事迹

　　王成《村干部》。2019 年 4 月摄于洪雅县三宝镇熊园村

　　吴传明《远程治病》。2016 年 8 月摄于内江市中区

张勇 《沿着总书记的足迹》。2022 年 6 月摄于眉山永丰村

钟敏《川剧绝活"闹"新春》。2023 年 1 月 23 日，遂宁市川剧团演员在遂宁市河东新区"西部唐都"景区为观众表演川剧绝技绝活"甩水袖"

　　原永新《生命线》。2019 年 8 月 20 日摄于四川省广汉市和兴镇，突如其来的洪水把村民困在鸭子河中间，眼看河水淹到了村民脖子，几位消防官兵迅速跳入河中拉起救助生命线，在洪水急流中抢救遇险村民

邹森《报告总书记，我们搬新家了》。2021年摄于昭觉县悬崖村

钟维兴《面对面》组照之法国弗孔 Bernard Faucon

薛康《暖意浓浓》。2016 年 3 月摄于湖北神农架

张磊《萌翻了》。2016 年 9 月 29 日摄于成都大熊猫繁育研究基地，当年共有 23 只熊猫宝宝在这里出生

冯立《白夜》组照之一。图为 2016 年刚出生的马驹

马玉清《日照风电》。2018 年 12 月摄于凉山州金阳县热柯觉乡丙乙底村

柯尊军《川藏第一桥》。
2019年3月摄于甘孜州泸定县川
藏第一桥——雅康高速大渡河大桥

陈贤锡《智慧农业园》。
2021年3月摄于遂宁市蓬溪县天
福镇绿然智慧农业有机富硒体验园

牟肖俊《春熙路》。2020 年 8 月摄于成都市锦江区春熙路

陈宁《大美金融城》。2019 年 5 月摄于成都市天府大道北段金融城

陈成《天府之翼》。2021年4月摄于成都天府国际机场。成都成为继北京、上海之后，第三座拥有双国际机场的城市

贺惠英《繁忙的运输线》。2021年5月8日，成都市青白江区，成都国际铁路港园香岛大道

刘国兴《璀璨之夜》。2021年2月12日，正月初一，成都市金融城双子塔大楼灯光璀璨

高路川《彝乡新居》。2013年12月摄于乐山市马边彝族自治县烟峰乡

罗映雪《汉源县"悬崖村"新貌》。2020年4月摄于汉源县"悬崖村"——雅安市汉源县永利乡马坪村

刘毅《大地指纹》。
2019 年 9 月摄于甘孜
州炉霍县通龙村

周海《新动力 新田园》。2020 年 5 月摄于广汉市连山镇五一村，自动育秧机传送秧苗

贾跃红《丰收在望》。2022 年 7 月摄于全国精神文明村——泸州市叙永县红岩村

何为《彝寨稻飘香》。2016 年 8 月摄于马边彝族自治县烟峰镇

蒋青春《动车来了》。摄于广安市。
动车带着乡村振兴的使命疾驰向前

李学朴《示范项目"渔光一体"》。
2017年3月摄于西昌市，四川省首个"渔
光一体"示范项目。该项目包含光伏发电、
工厂化渔业养殖、有机种植、旅游观光、
引领示范等功能

杨安文《雅西高速腊八斤大桥》。摄于 2016 年 12 月

吕玲珑 《发现牛背山》 2007 年秋末冬初摄于贡嘎山东北坡

钟欢《火龙欢腾中国年》。2019 年 2 月 19 日，绵阳市三台县乐加镇的村民举行传统的烧火龙活动。传承了 150 多年的乐加火龙已被列入四川省"非物质文化遗产"名录

宋加乐《书海泛舟》。2017 年 10 月摄于四川省图书馆

第三部分

书法作品

# 四川书法创作成果概述

四川书法有其深厚的历史文化底蕴和传承发展基础，形成了植根于历史文化传统的文气、才气，来源于山川物华的灵气，基于巴蜀文化板块独特性的南北兼收、碑帖交汇、体兼文质、开放多元的"巴蜀书风"，是中国书法与中华优秀传统文化不可或缺的重要组成部分。

巴蜀书坛先贤列举其要，从同为西汉语言文字学开山祖师的大文豪、"赋圣辞宗"司马相如和"西道孔子"扬雄算起，唐代有武则天、李白、贯休；宋代有苏舜元、苏舜钦昆仲，苏轼、苏辙昆仲，圆悟克勤，文同，魏了翁；元代有邓文原，虞集；明代有杨慎、吕潜；近现代除宦蜀的何绍基等外，有丈雪通醉、龚有融、张问陶、包汝谐、方旭、顾印愚、吴之英、刘咸荣、赵熙、沈中、

盛光伟、林思进、蒲伯英、颜楷、向楚、姚石倩、余培初、曾默躬、谢无量、冯灌父、余舒、易均室、施孝长、乔大壮、郭沫若、郑诵先、沈惢、刘孟伉、何鲁、刘咸忻、张寔父、余中英、张大千、杨鹏升、罗祥止、王砥如、黄稚荃、吕洪年、周菊吾、陈子庄、萧友于、游丕承、刘东父、丁季和、白允叔等。

如今，四川相继涌现出李半黎、徐无闻、李琼玖、冯建吴、吴一峰、赵韫玉、陈无垢、温原兴、何应辉、苏园、刘正成、刘云泉、谢季筠、方振、刘奇晋、蒲宏湘、侯开嘉、张景岳、舒炯、郑家林、徐德松、郭强、罗永嵩、肖大昌、黄宗壤、唐德明、马骏华、代跃、何开鑫、傅仕河、李代煊、洪厚甜、刘新德、谢和平、王道义、钟显金、林峤、黄泽江、王家葵、刘健、龚晓斌、吕楠、吕骑铧、钟杨琴笙、杨

江帆、徐右冰、李在兵、王堂兵、张军文、谢兴华等承前启后、入古出新的书法篆刻名家，成绩斐然。

在20世纪80年代至今的"书法热潮"中，四川省书法家协会带领全省各级书法组织，团结广大书法家和书法爱好者，以中青年书法创作骨干为主体，主动作为，积极进取，在全省范围内开展了各种类型的书法展览、看稿指导、骨干培训和书学理论研讨活动；鼓励全省广大会员根植传统、关注当代、锐意创新；鼓励中青年作者积极参加全国性书法竞赛，特别是由中国书法家协会主办的各类全国性书法大展竞赛活动。为引导作者在认识中华文化与发扬巴蜀文化优秀传统的基础上来涵养、提高自己的书法创作水平，四川省书协与高等院校合作开办了旨在提高作者文化素养的

研修班，举办了26期临帖培训、骨干培训，3期"国学修养与书法·青年书法创作骨干研习班"等。还积极参与中国文联、中国书协多期"翰墨薪传"西部地区书法教师培训工作，努力助推四川中小学书法进课堂、兰亭书法学校以及四川高校书法专业教育建设。同时，出于对巴蜀历史文化发展的特点与视野的拓展，以何应辉等为首的历届四川书坛领军人物极为重视省际、国家间的书艺交流并提高交流质量，先后组织了"北京·四川书法双年展"，四川省与江苏、山东、浙江等书法强省的书法联展，中、韩、日国际书法交流展等重要展览，为四川书法人才梯队的形成奠定了坚实的基础，在全国产生了良好的影响。该时段全省举办的书法展览、培训、学术研讨十分频繁，形式也越发多样并大型化

和规模化，形成了以展览为中心，"展览、学术、培训"三位一体的新格局，并在创作、学术理论研究及出版、教育培训、书法艺术交流、书法组织及队伍建设等方面取得了良好的成绩，涌现出了一大批中青年书法人才。他们根植传统，提倡新意，注重个性化风格的形成，通过参加全国和省市书协举办的各类书法展览，并从中脱颖而出，逐渐成为四川书坛乃至中国书坛的中坚力量，并创作了一大批立足传统、富有时代个性的优秀作品。如罗永嵩获第四届全国展三等奖，侯开嘉、洪厚甜、林峤、傅仕河在第五届全国展获全国奖（最高奖），李代煊、刘新德在第六届全国展获奖，钟杨琴笙获全国第七届中青展提名奖，代跃获全国第八届中青年展一等奖，

吕楠在第八届全国展获奖，张军文获第九届全国展三等奖，李在兵获第十届全国展优秀奖，王道义获全国第二届青年展三等奖，谢兴华获首届兰亭奖创作奖、2011年年度佳作奖，代跃、何开鑫、洪厚甜入选"首届全国'三名工程'书法展"，杨江帆获五届兰亭奖创作奖三等奖，徐右冰获六届兰亭奖创作奖银奖，林峤获七届兰亭奖创作奖铜奖等。

在巴山蜀水各个城乡、学校、景区、博物馆、图书馆、纪念馆，在青羊宫、武侯祠、琴台故径、杜甫草堂、人民公园、望江楼公园、浣花溪公园，在乐山大佛景区碑林、剑门蜀道刻石、汶川地震诗歌墙，等等，都留下了巴蜀自古及今历代书家的优秀作品，异彩纷呈，不胜枚举。

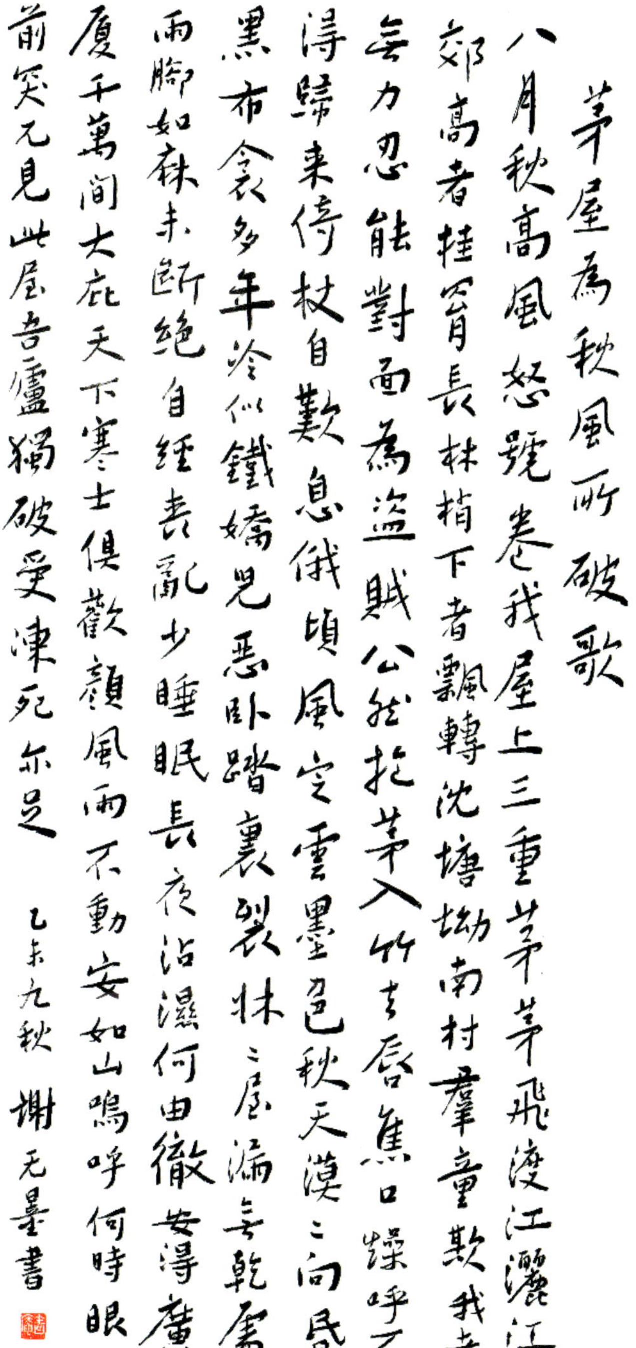

茅屋為秋風所破歌

八月秋高風怒號卷我屋上三重茅茅飛渡江灑江
郊高者挂罥長林梢下者飄轉沈塘坳南村羣童欺我老
無力忍能對面為盜賊公然抱茅入竹去唇焦口燥呼不
得歸來倚杖自歎息俄頃風定雲墨色秋天漠漠向昏
黑布衾多年冷似鐵嬌兒惡卧踏裏裂牀頭屋漏無乾處
雨腳如麻未斷絕自經喪亂少睡眠長夜沾濕何由徹安得廣
廈千萬間大庇天下寒士俱歡顏風雨不動安如山嗚呼何時眼
前突兀見此屋吾廬獨破受凍死亦足

乙未九秋 謝无量書

行楷　杜甫《茅屋为秋风所破歌》　谢无量　尺寸不详　1955 年

行草　《世上民间八言联》　郭沫若　尺寸不详　1953 年

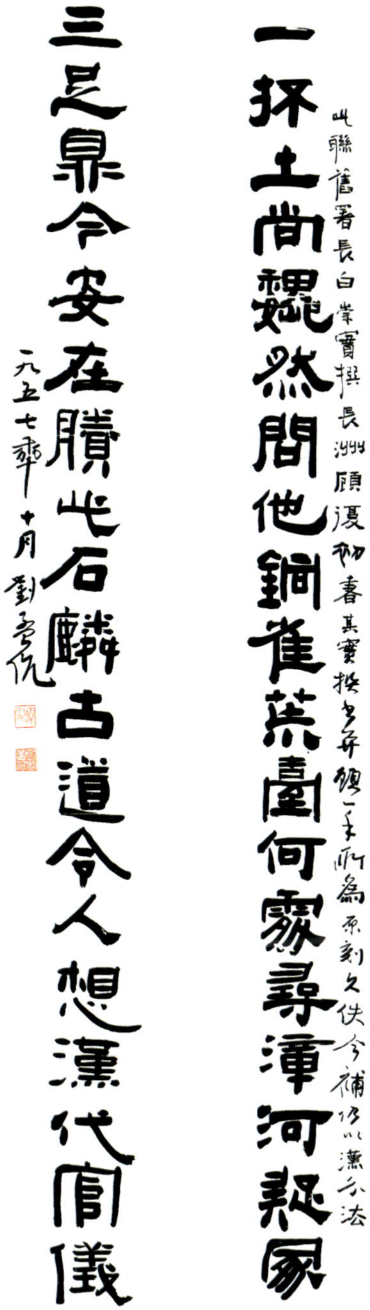

一抔土尚巍然問他銅雀燕臺何處尋漳河疑冢

此聯舊署長白業實撰長沙顧復初書其實按多异頗一未刪為原刻久佚參補仍以漢分法

三足鼎今安在贖此石麟古道令人想漢代官儀

一九五七年十月 劉孟伉

隸书　《一抔三足十九言联》　刘孟伉　尺寸不详　1957 年

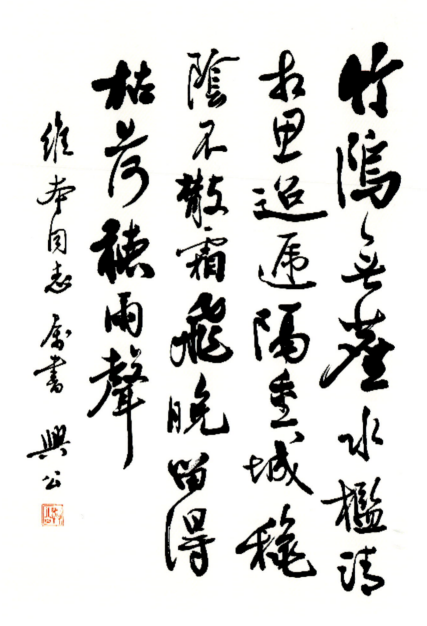

行书　《李商隐诗行书斗方》　余中英　47×69cm　年代不详

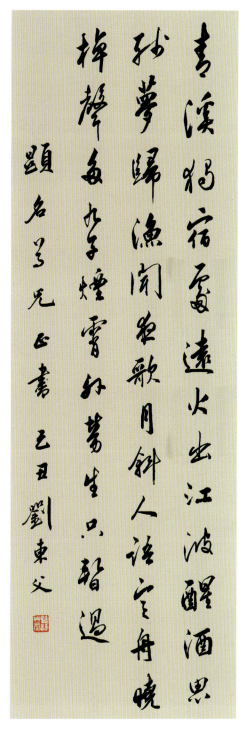

行书　高咏《宿青溪》　刘东父　尺寸不详　1985 年

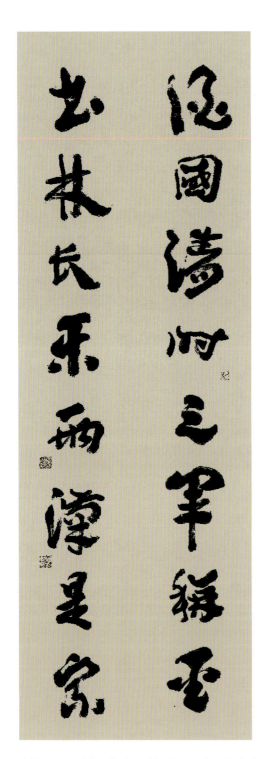

章草 《酒国书林八言联》 曾墨躬 尺寸不详 年代不详

篆刻 《四川师范学院图书馆藏善本》 周菊吾 尺寸不详 年代不详

篆刻 《茅草地》 苏园 4.5×2.3cm 年代不详　　篆刻 《一往豪情》 温原兴 尺寸不详 年代不详

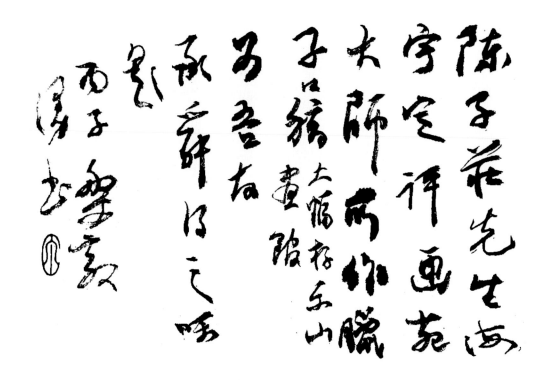

行草　题陈子庄《腊子口》小稿　丁季和　尺寸不详　1996 年

草书　李白《哭晁卿衡》　陈无垢　尺寸不详　年代不详

草书 《致王云凡信札》 何鲁 尺寸不详 1972 年

極陳萬言古今盡

俯視一氣天地間

沙園

楷书　极陈俯视集《兰亭序》七言联　余沙园　尺寸不详　年代不详

行草 《振兴书画艺术》 李半黎 尺寸不详 1986 年

隶书 《铁肩妙手五言联》 何应辉 180×40cm×2 2021年

篆书 《东汉西泠八言联》 徐无闻 尺寸不详 1988 年

草书 《五言诗》 刘正成 尺寸不详 年代不详

红岩幽洞接天庭，上相真君启玉扃。三十六峰山色似蔽千七百，群枝如屑降魔提剑之内安宫之。颜楷天师洞，甲申冬 奇晋

行书　颜楷《天师洞》　刘奇晋　尺寸不详　2004 年

楷书　文天祥《正气歌》　蒲宏湘　120×44cm　1987 年

天地有正氣，雜然賦流形。下則為河岳，上則為日星。於人曰浩然，沛乎塞蒼冥。

皇路當清夷，含和吐明庭。時窮節乃見，一垂丹青。在齊太史簡，在晉董狐筆。

在秦張良椎，在漢蘇武節。為嚴將軍頭，為嵇侍中血。為張睢陽齒，為顏常山舌。

或為遼東帽，清操厲冰雪。或為出師表，鬼神泣壯烈。或為渡江楫，慷慨吞胡羯。

或為擊賊笏，逆豎頭破裂。是氣所磅礴，凜烈萬古存。當其貫日月，生死安足論。

地維賴以立，天柱賴以尊。三綱實系命，道義為之根。嗟余遘陽九，隸也實不力。

楚囚纓其冠，傳車送窮北。鼎鑊甘如飴，求之不可得。陰房闃鬼火，春院閟天黑。

牛驥同一皂，雞棲鳳凰食。一朝蒙霧露，分作溝中瘠。如此再寒暑，百沴自辟易。

哀哉沮洳場，為我安樂國。豈有他繆巧，陰陽不能賊。顧此耿耿存，仰視浮白雲。

悠悠我心悲，蒼天曷有極。哲人日已遠，典型在夙昔。風簷展書讀，古道照顏色。

錄文天祥正氣歌　歲次丁卯華夏　宏湘於錦城東陽靜居樓

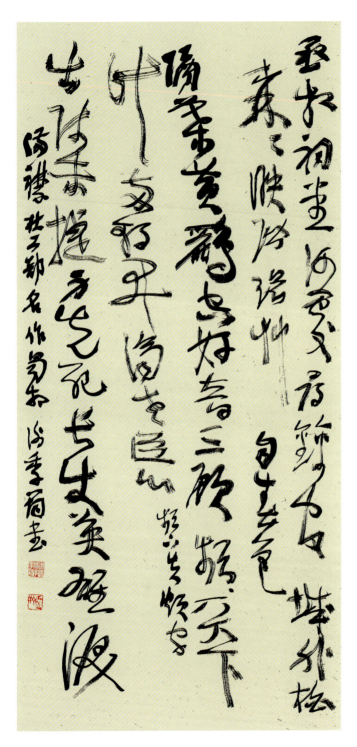

草书　杜甫《蜀相》　谢季筠　137×64cm　2022 年

行楷 《模山范水四言联》 刘云泉 230×52cm 2021 年

幽蘭在山本自無人識只為馨香重 <br>

香遍山隅

陈毅元帅诗

隶书 《陈毅元帅诗》 马识途 尺寸不详 年代不详

钟山风雨起苍黄，百万雄师过大江。虎踞龙盘今胜昔，天翻地覆慨而慷。宜将剩勇追穷寇，不可沽名学霸王。天若有情天亦老，人间正道是沧桑。

毛主席诗《人民解放军占领南京》 景岳书

行书　毛泽东《人民解放军占领南京》　张景岳　247×55cm　2021年

草书　苏轼《浣溪沙·游蕲水清泉寺》　代跃　180×48cm　2022 年

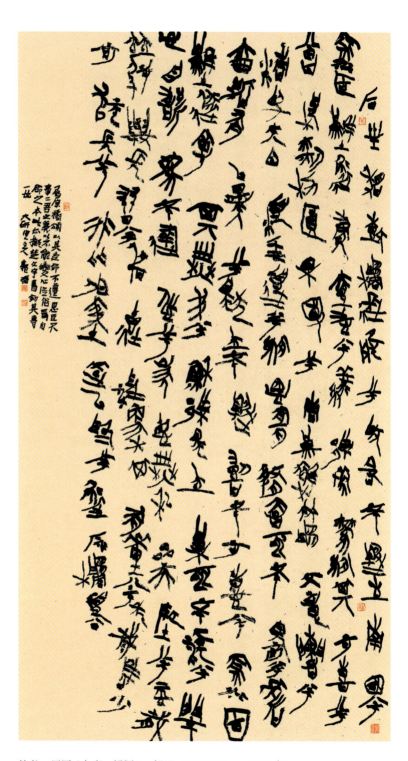

篆书　屈原《九章·橘颂》　郭强　180×98cm　2020 年

行书　李贺《梦天》　舒炯　136×54cm　2021 年

行书 《康有为论书诗三首》 徐德松 180×70cm 2020 年

行书 《一室百家七言联》 何开鑫 180×34cm×2 2022 年

篆书 《剑舞海山七言联》 王道义 180×25cm×2 2022 年

《行书小品》 洪厚甜 69×46cm 2023 年

行书 《观书探道五言联》 黄泽江 128×34cm×2 2022 年

篆书　苏轼《华阴寄子由》　刘健　180×49cm　2022 年

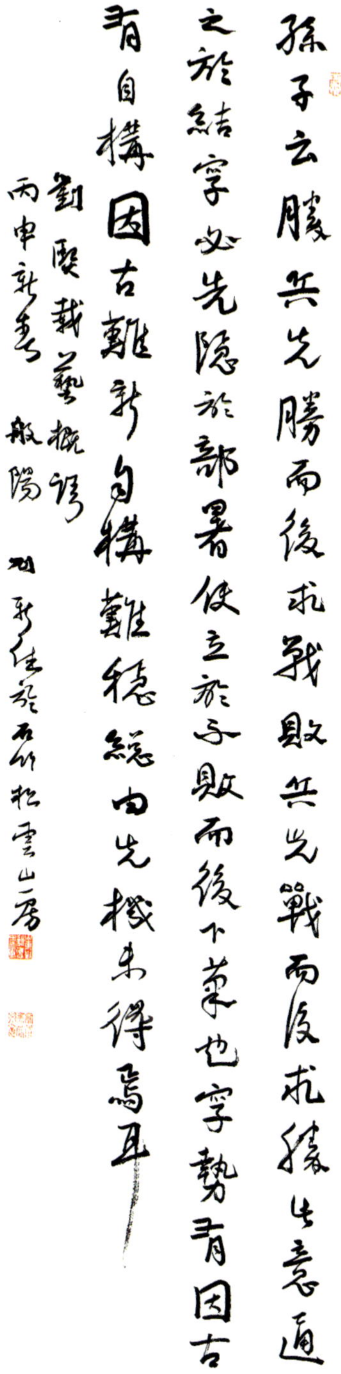

孫子云朥兵先勝而後求戰兵先戰而後求勝兵勢生意道

之於結字必先隱於部署使立於不敗而後下莱也字勢有因古

有自構因古難新自構難穩緫由先機未得焉耳

劍既我藝概語
丙申新春散陽
劉新德書於石竹松雪山房

行书　刘熙载《艺概》语　刘新德　尺寸不详　2016 年

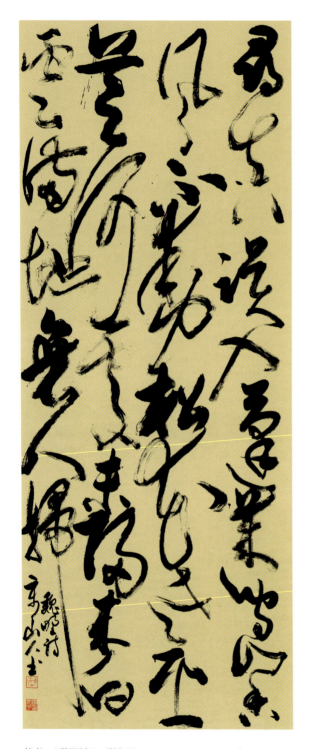

草书　《魏野诗》　谢和平　180×70cm　2022 年

隶书 《进京赶考》 王七章 97×180cm 2021 年

行书　明本《山居》　龚小膑　138×35cm　2022 年

章草 《紫微扶桑七言联》 王家葵 113×23cm×2 2023 年

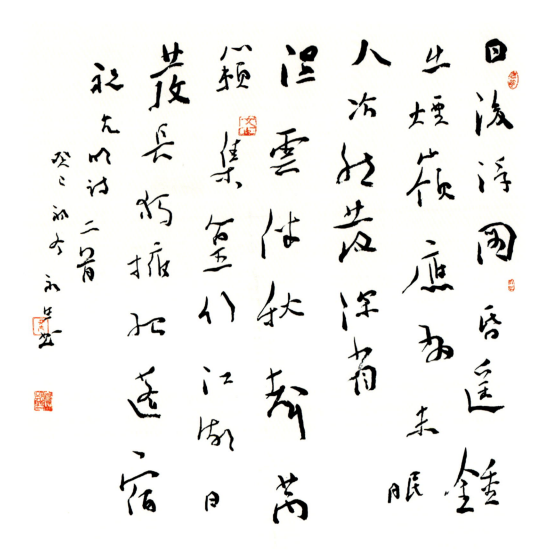

章草 《祝允明诗二首》 文永生 尺寸不详 2013 年

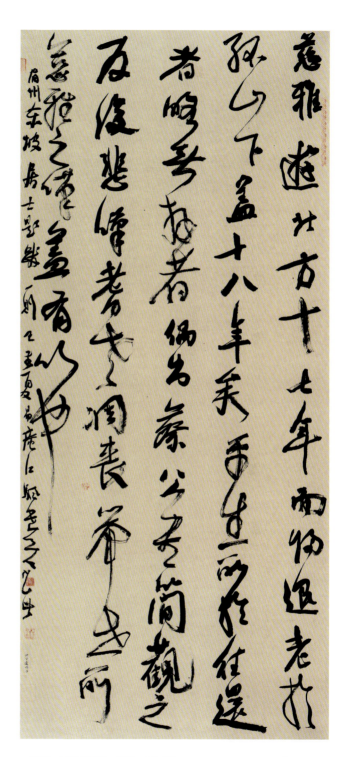

行草　《苏轼题跋一则》　杨江帆　232×104cm　2019 年

俯仰之间，已为陈迹，犹不能不以之兴怀，况修短随化，终期于尽。古人云死生亦大矣，岂不痛哉！每览昔人兴感之由，若合一契，未尝不临文嗟悼，不能喻之于怀。固知一死生为虚诞，齐彭殇为妄作。后之视今，亦犹今之视昔，悲夫！故列叙时人，录其所述，虽世殊事异，所以兴怀，其致一也。后之览者，亦将有感于斯文。

草书 《兰亭序》 徐右冰 尺寸不详 年代不详

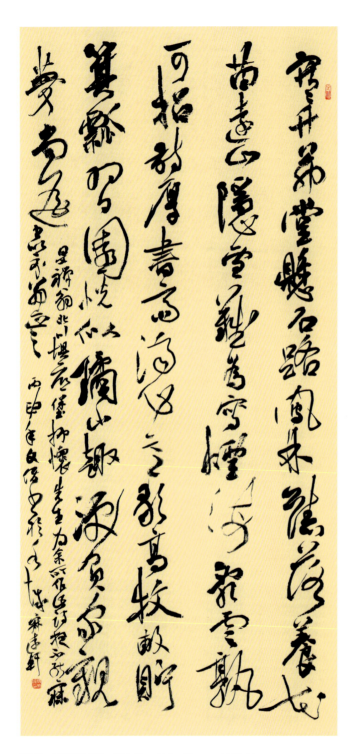

草书 《旻禅翁诗》 汤文俊 184×85cm 2016年

墙上芦苇头重脚轻根底浅

山间竹笋嘴尖皮厚腹中空

敬録毛泽东主席批评右倾教條主義之句

辛丑之壬春月李龍戏蜀中双石之野聽雨樓

隶书 《墙上山间十一言联》 郭彦飞 245×38cm×2 2021 年

隶书 《枪杆子里面出政权》 陈敦良 183×50cm 2021 年

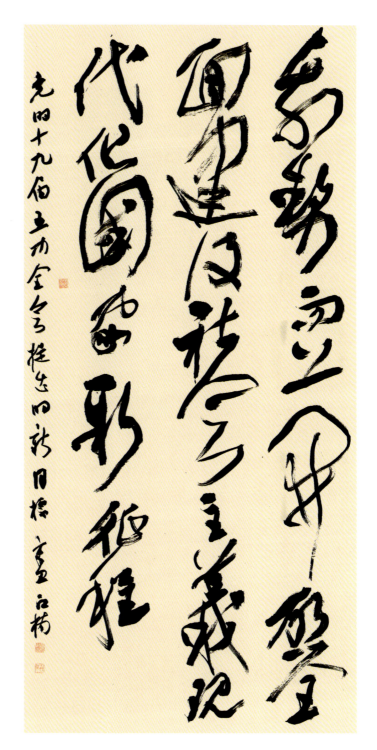

草书 　《党的十九届五中全会提出的新目标》 　吕楠 　182×88cm 　2021 年

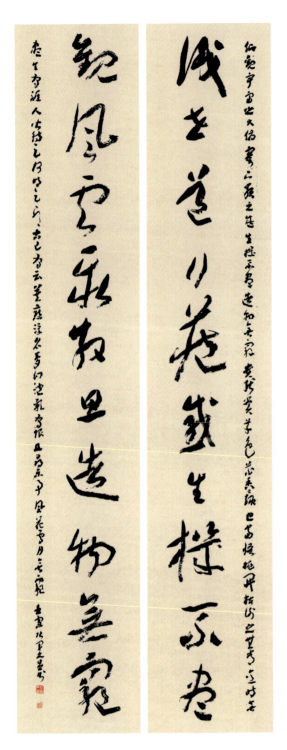

草书　《识世观风十言联》　张军文　247×38cm×2　2022 年

草书　《东坡志林》一则　蒲剑　110×40cm　2021 年

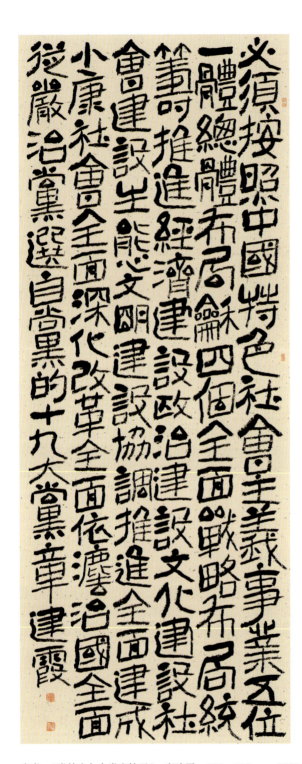

隶书 《党的十九大党章摘录》 齐建霞 252×100cm 2021 年

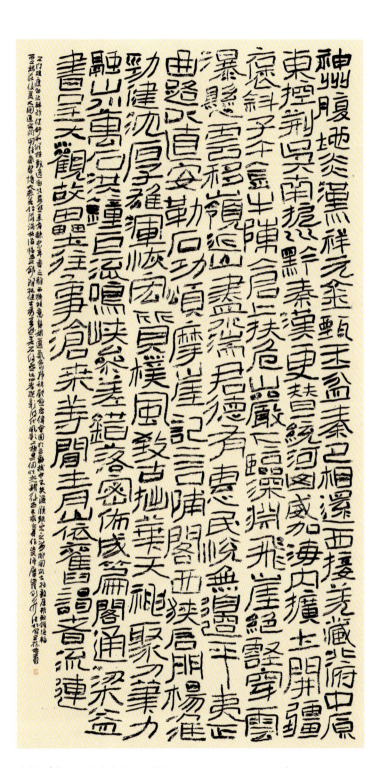

隶书　自撰《天汉摩崖颂》　孙培严　248×120cm　2019 年

楷书 《魏晋源泉十一言自撰联》 吕骑铧 138×23cm×2 2022 年

江閣流雲畫舫白日閒小橋橫
野水隔斷萬重山 其二 晏坐桃花塢
逃居遠市塵扰移去色好不是為

逃秦 其二 高樹鳴蟬深林掩茅屋
臥橋人影橫白雲滿山谷 其三 瀑布
寒空外孤亭水石間日長無個事

伴者春山 其四 秋水碧如玉遠山凝脂
花深窩不食釣餌為誰施甚漸溯
寒林疎落林木石清白雲千萬里

相對總忘情其六萬木流雲密千山
荒照一寒衡門長日掩酒伴暮烟
看其七

憨山禪畫小景七首 寅虎 笔世

隶书 《东坡志林》节录 李在兵 120×248cm 2022 年

草书　黄庭坚《书幽芳亭》　陈亮　66×45cm　2022 年

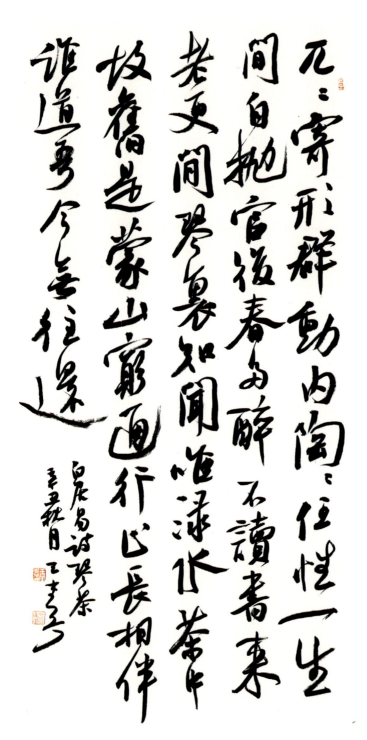

兀兀寄形群动内，陶陶任性一生间。自抛官后春多醉，不读书来老更闲。琴里知闻唯渌水，茶中故旧是蒙山。穷通行止长相伴，谁道吾今无往还。

白居易诗琴茶
辛丑秋月 王堂兵

行书　白居易《琴茶》　王堂兵　138×69cm　2021 年

草书　姜夔《续书谱》数则　唐龙　124×135cm　2022 年

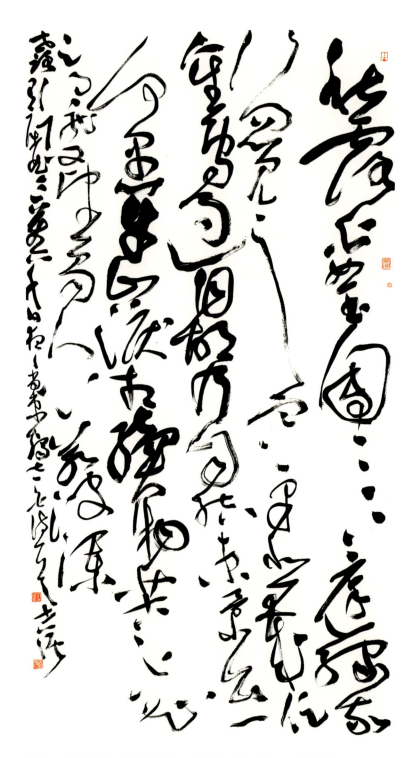

草书　李白《古风·秋露白如玉》　刘吉强　180×96cm　2022 年

行草　《杨慎诗二首》　刁莉　180×97cm　2018 年

楷书 《世间天下十一言联》 张雁 136×23cm×2 2022年

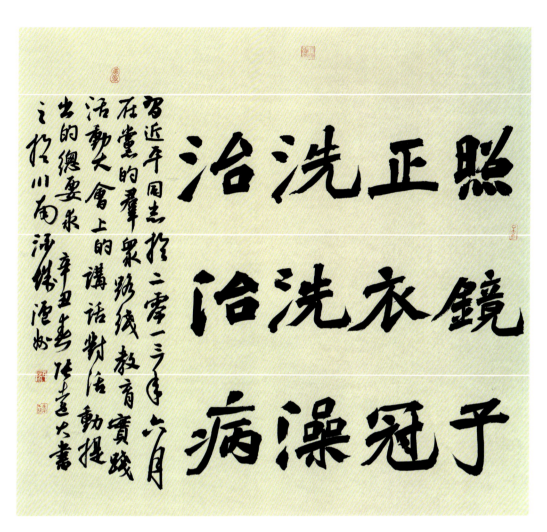

习近平同志于二零一三年六月在党的群众路线教育实践活动大会上的讲话对活动提出的总要求 辛丑年夏 陈远大书 之照镜子，正衣冠，洗洗澡，治治病

楷书　《照镜子，正衣冠，洗洗澡，治治病》　张远大　90×97cm　2021 年

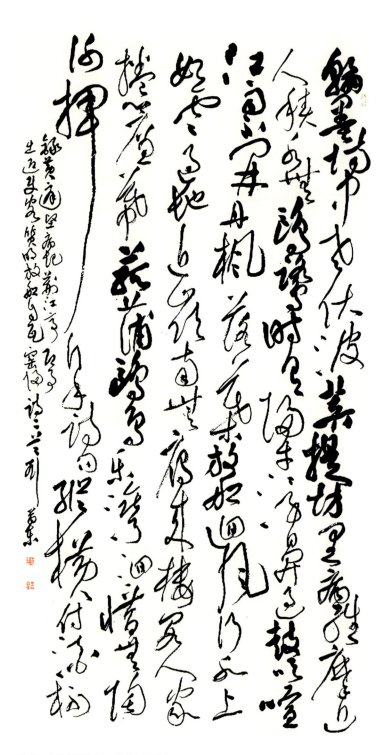

草书 《录黄庭坚诗二首》 刘芮东 247×123cm 2019 年

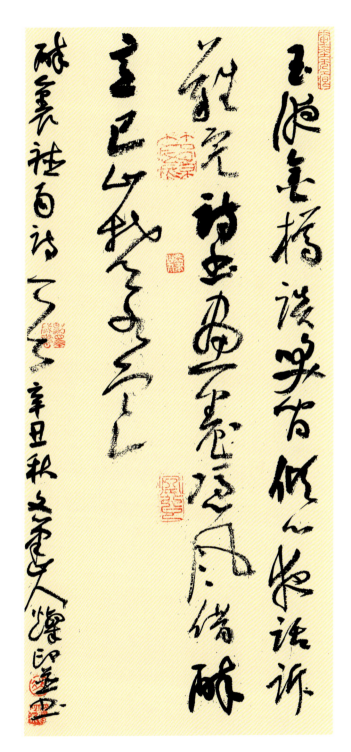

草书　自作诗《醉里听雨》　凌灿印　34×16cm　2021 年

草书 《白居易琵琶行》 樊青松 248×129cm 2022年

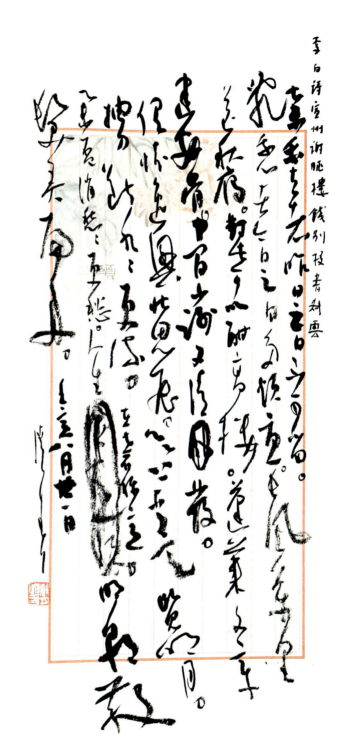

草书　李白《宣州谢朓楼饯别校书叔云》　黄清春　42×19cm　2022 年

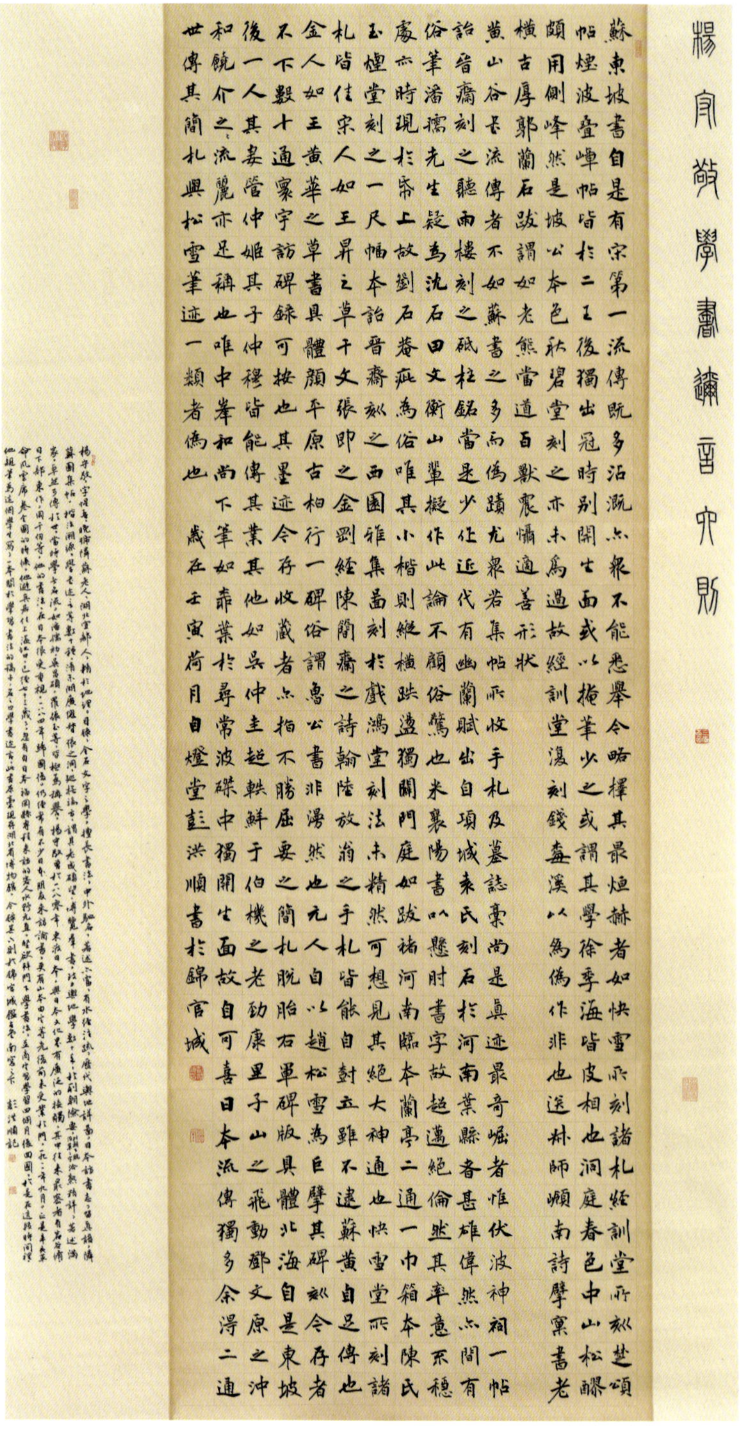

蘇東坡書自是有宋第一流傳院多沿溯众众不能悉舉今略擇其最烜赫者如快雪水�諸札姙訓堂所刻甚頌帖煙波疊嶂帖皆於二王後獨出冠時別開戶牖而或以掩筆少之或謂其學徐季海皆皮相也洞庭春色中山松醪二頻用側峰雜然是坡公本色秋碧堂刻之亦未爲過故經訓堂渓刻錢蓋溪以爲僞作非也逐林師顏南詩皆稟書老横古厚郭蘭石跋謂如老熊當道百獸震懾適善形狀

黄山谷長流傳者不如蘇書之多而偽蹟尤眾若集帖而收手札及墓誌棐是真迹最奇崛者惟伏波神祠一帖僞不迨也快雪堂所刻諸詣筆瀾漫先生題兩樓刻之硯柱銘當是少仕近代有幽蘭賦出自項城来氏刻石於河南業縣者甚雄偉然亦間有不穩帖本陳氏

俗筆潘擋俗也唯其小楷則絕横跌逼獨闢門庭如跋瑞河南蘭亭二通一巾箱本皆書字故超邁絕倫坐其率意不稳

豪六時現於帛上故劉石菴邞爲俗儘其未精然可想見其衄大神通快雪堂所刻諸

玉煙堂刻之一尺幅本詔草千文本詔晉齋刻之西園雅集圖刻於戲鴻堂刻法未精然可想見其衄大剬雖不遠黄自刻五雖不遠蘇黄自足爲也

札皆佳宋人如王昇之草書具體顏平原古相行一碑俗謂惠公書非湯然也九人自以趙松雪爲巨擘其碑版北海自昰東坡所今存者諸

金人如王黄華之草書訪碑錄可按也其墨迹今存一碑收藏者甚指不勝屈要之簡札之老劲康里子山之飛動鄧文原之冲

不下數十通豪中姬其子仲穆皆能傳其業其他如吳中主超軼鮮于伯機之面故自可喜日本派傳獨多余得二通

後一人其妻管仲姬其子仲穆皆能傳其業其他如吳中主脫胎右單碑版具體其北海自昰東坡所傳獨多余得二通

和皃介之流麗亦足稱也唯中峰和尚者偽也

世傳其簡札興松雪筆迹一類者偽也

歲在壬寅荷月自燈堂彭洪順書於歸官城

楷书　杨守敬《学书迩言》六则　彭洪顺　180×97cm　2022年

草书　刘清夫词《沁园春》　李历　246×127cm　2019 年

草书 《文心雕龙》节选 刘虎林 248×129cm 2022 年

草书　毛泽东词《沁园春·雪》　杨燕刚　180×97cm　2021 年

行楷 《工部米家七言联》 冷柏青 246×29cm×2 2022 年

行书 《绿水青山就是金山银山》 谭桥 245×127cm 2021 年

篆书　毛泽东《清平乐·六盘山》　邓长春　180×97cm　2021 年

行书　毛泽东《西江月·秋收起义》　曾昌盛　176×47cm　2021 年

民间文艺
作品

# 大美在民间

四川省民间文艺家协会是中国民间文艺家协会和四川省文学艺术界联合会的团体会员之一，成立于1959年，前身为四川省民间文艺研究会，后改名为中国民间文学研究会四川分会，1991年12月改为现名。四川历史悠久，民族民间文化资源十分丰富，20世纪90年代前，民协主要专注于民间文学的搜集整理和研究，改为现名后将民间工艺美术、民间表演艺术等纳入工作范畴。

民间工艺与人民群众的生产生活密切相关，四川民间工艺种类众多，形态各异、风格多样、内涵丰富，极具巴蜀人文特色，生动体现了人民群众的生活智慧和审美趣味。多年来，四川民间文艺工作者创作了众多优秀作品，在全国民间文艺界独树一帜，取得了令人瞩目的艺术成就。值此四川省文联成立70周年之际，省民协收集、整理、精选了50余件有代表性的民间手工艺精品，包括蜀绣蜀锦、民间美术、剪纸、漆艺、雕刻等，读者可以据此感受一下民间文艺的魅力。

四川民间美术种类繁多，内容丰富，主要有年画、唐卡画、农民画、麦秆画、五谷画等。中国民协理事着着创作的农民画《南丝路一带缘　藏汉人一家亲》荣获第十三届中国民间文艺山花奖·优秀民间工艺美术作品。该作品再现历史上南丝路的贸易和文化交流情景，展现了藏汉在交流中融为一家的和谐画面；唐卡画《大熊猫百图唐卡长卷》以大熊猫在阿坝繁衍生息为主题，总共绘制600余只大熊猫，穿古越今从历史走向现在，旨在向全世界讲述阿坝州和大熊猫的故事，该作品获第十届巴蜀文艺奖；

绵竹年画是中国四大木板年画之一，《红色传承人》以传统手绘年画的表现手法，表现新中国少年儿童是"不忘初心，牢记使命"的红色基因传承人。

中国剪纸作为世界非物质文化遗产技艺，有着丰富深厚的民俗文化内涵，题材包罗万象，具有鲜明的民俗情趣和生活气息。为庆祝中国共产党成立100周年，喜迎中国共产党第二十次全国代表大会召开，宣传新冠疫情防控措施，支持冬奥等主题活动，省民协号召广大会员结合自身擅长，创作了许多鼓舞人心的剪纸作品，如《喜迎二十大》《夺金时刻》《吉祥冬奥》《"精准扶贫"剪纸系列》等，受到广泛好评。

四川自古以来锦织业发达，蜀绣作为中国四大名绣之一，在晋代就是蜀中之宝。由孟德芝带领30余人绣制的单面绣《秋色高原》系蜀绣精品中的珍品，代表当代蜀绣的最高技艺水平，被誉为"蜀绣传世之作"。成都也因历史上盛产蜀锦被誉为"锦城""锦官城"。由成都古蜀蜀锦研究所集体制作的《锦江春晓》，再现了成都千百年来濯锦江边的美好场景；AI新锦绣系列在传统工艺的基础上引入人工智能图像处理技术，结合改良织造工艺，使锦绣结合更加完美，平面3D化的独特效果给人耳目一新之感。

四川雕塑（刻）品种繁多，有金属雕刻、泥塑、石刻、木雕、砚雕、核雕等。其中，泥塑《乡村戏班》通过对旧时四川民俗生活场景——乡下草根戏班的细致刻画，讲述了四川人亲历过的故事；根雕《秋荷》巧妙地利用羌族木制磨盘原有的外形，经过精心设计雕刻，让百年的民俗物件拥有了无限的生命。

成都漆器为中国五大著名漆器之一，以精美华丽、富贵典雅、光泽细润、图案精致绚丽而著称。漆艺《生命》以抽象、概括的艺术手段表现生命的孕育、涌动、勃发和顽强，展示了漆艺在装饰造型艺术上的独特魅力；彝族木板水磨大漆画《阿姆扎特》刻画了一位彝族母亲从年轻到中年再到老年时代的人生历程。

四川的竹编以纤细精美著称。竹编《苦乐清凉》以苦瓜为表现对象，历经80多道工序处理，在竹编大师陈云华的巧手下羽化成精品，荣获第十一届中国民间文艺山花奖。

成都银花丝技艺已有上千年历史，能创作出花鸟、虫鱼、走兽、人物、建筑物等各种艺术品。作品《双耳牡丹花瓶花熏套件》焊接平整严密，匠心独具，显得恭正温和，摇曳生动，2018年荣获中国工艺美术精品展银奖。

习近平总书记指出："民间艺术是中华民族的宝贵财富，保护好、传承好、利用好老祖宗留下来的这些宝贝，对延续历史文脉、建设社会主义文化强国具有重要意义。"省民协将引领鼓励广大民间艺术家创作出更多体现当代精神、反映时代风貌、符合人民审美的优秀民间文艺精品，更好地展现优秀民族民间文化，大力宣传四川风土人情，推动四川民间文艺繁荣发展。

## 01

民间美术

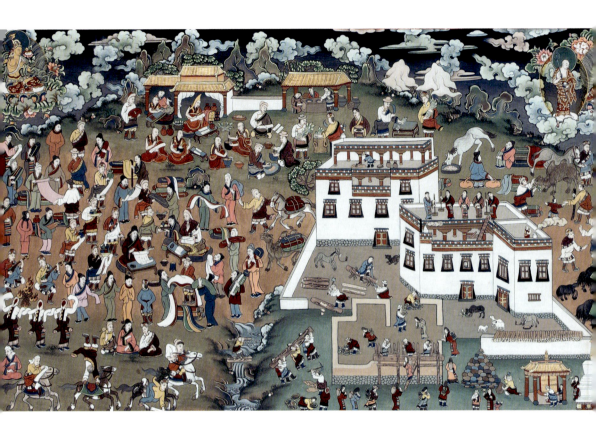

《藏乡丰歌》
新藏画
146×112cm
着着
入选2023年"新生活·新风尚·新
年画"——我们的小康生活美术
作品展

《南丝路一带缘　藏汉人一家亲》
农民画
180×52cm
着着
第十三届中国民间文艺山花奖·优秀民间工艺美术作品

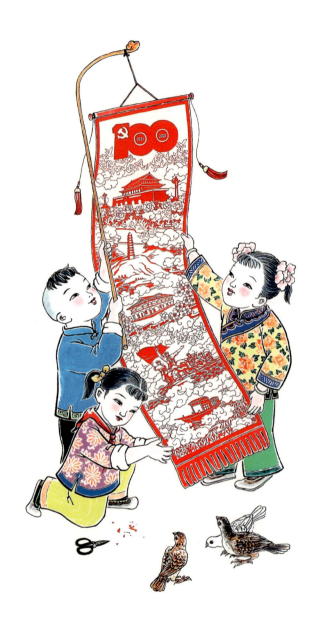

《红色传承人》
绵竹年画
130×65cm
胡光葵
入选四川省文联 2021 年度百家推优

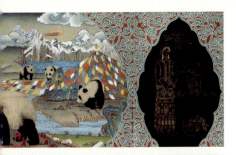

《大熊猫百图唐卡长卷》
唐卡
易生、王庆九、陶波、郎俊措、贡秋曲珍等
画心总长 142m，高 1.6m
获第十届巴蜀文艺奖

第一幅　卷首

第二幅　远古走来

第三幅　神话传说

第四幅　精灵传奇

第五幅　走向世界

四川盆地西北部，向青藏高原抬升的地带，是生物多样性和文化多样性、藏族传统绘画"唐卡"，是多样性文化中最具代表性的艺术形式，这些活到是生物多样性最具代表性的形象。阿坝地区的艺术家大胆突破传统"唐卡"题材和规制的约束，借鉴国画山水长卷的形式，精心构图设色，以写实主义笔法描摹故乡。凡草木，凡山水，花鸟树木，走兽飞禽，均据材真切，描摹容现。更将心曾写出姿态各异之大熊猫百于青山绿水间，以纪念大熊猫于川西北崇山峻岭中科学发现，并以奇普形象，代表中国走向世第一百周年。

The area to the northwest of the Sichuan Basin, ascending to The Tibetan Plateau is rich in biodiversity and cultural diversity Thangka, The traditional Tibetan painting is the most typical art form of the diverse cultures. And the areas biodiversity is best represented by the great panda.The artists from the Tibetan areas in Aba have broken through the traditional ways of Thangka themes and rules, and found innovative ways to depict their homeland with realism characteristics, elaborate composition and coloring, while drawing on the forms of Traditional Chinese natural landscape scrolls The images of all the villages, mountains and rivers, flora and fauna are faithful to their original forms. There are a hundred pandas with different postures among the natural beauty on the scroll, which is to commemorate the discovery of great pandas in the mountains of northwestern Sichuan and to mark a full century of the friendly pandas representing China's image to the world.

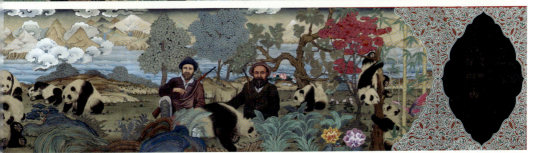

《奋进新时代》
绵竹年画
180×95cm
胡光葵
获 2021 年黄河之水天上来——沿黄九省（区）庆祝建党百年民间工艺美术精品展金奖

《丝路天使》（大型组画）
绵竹年画
100×100cm （单个）
尹天润
入选四川省文联 2018 年度百家推优

《舞狮》
绵竹年画
90×90cm
李悦
获第十六届中国人口文化奖民间艺术
品类优秀奖

《癸卯大吉》
年画
80×80cm
孙博秀芳
入选 2023 年"新生活·新风尚·新年
画"——我们的小康生活美术作品展

《花城果乡》

农民画

66×66cm

汪洪萍

2022年10月入选"成渝地·巴蜀情"首届川渝两地乡村振兴新农民画联展

《丰年腊味》
农民画
100×100cm
蔡燕
入选四川省文联 2021 年度百家推优

《再唱赞歌给党听》
农民画
80×80cm
黄嘉
入选 2023 年"新生活·新风尚·新年画"——我们的小康生活美术作品展

《三世佛》
唐卡
330×130cm
嘉阳乐住
入选四川省文联 2019 年度百家推优

《勤劳奔小康》
五谷画
50×80cm
潘德贵
入选最美小康路——2020年中国西部民间工艺主题创作展

《和美》
麦秆画
80×150cm
李德芬、李廷琼
获第十六届中国人口文化奖民间艺术品类三等奖

## 02

剪

纸

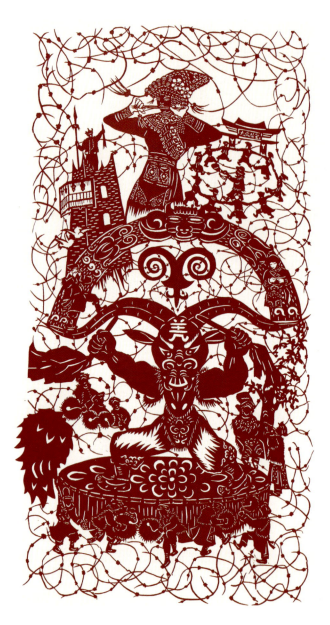

《云朵上的羌寨》
剪纸
153×77cm
黄英
获第十届中国民间文艺山花奖·民间工艺美术奖（剪纸类）铜奖

《百岁老人》
剪纸
65×50cm
杜华江
入选四川省文联 2019 年度百家推优

《庆祝中国共产党成立 100 周年》
剪纸
160×140cm
庄丛灿
入选2021年四川省有企业"百年征程 ·奋
力前行"剪纸书画摄影艺术展

《吉祥冬奥》
剪纸
70×500cm
高慧兰
获第八届剪纸艺术节三级收藏

《川韵》
剪纸
100×70cm
兰小奇
获"纪念库淑兰诞辰100周年"全国
彩贴剪纸艺术大展优秀奖

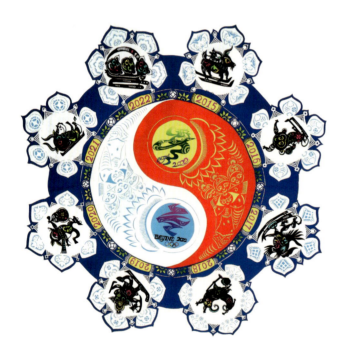

《冬奥情》
剪纸
140×140cm
兰小奇
获第八届剪纸艺术节三级收藏

《冰雪相约》
剪纸
80×80cm
刘俊梅
获第八届剪纸艺术节优秀收藏

《欢庆冬奥》
剪纸
62×62cm
龙玲
获第八届剪纸艺术节优秀收藏

《冰上舞者》

剪纸

60×95cm

王佳

获第八届剪纸艺术节优秀收藏

《喜迎冬奥》
剪纸
80×80cm
王琳
获第八届剪纸艺术节优秀收藏

# "精准扶贫" 剪纸系列

四川省眉山市东坡区非遗技艺"东坡剪纸"第四代传承人彭德平

《精准扶贫》
剪纸
32×30cm
彭德平
入选最美小康路——2020年中国西部民间工艺主题创作展

《夺金时刻》
剪纸
32×30cm×9
彭德平

《喜迎二十大》
剪纸
80×60cm
曾碧蕾

《云端上的幸福》
剪纸
80×80cm
曾碧蕾
入选最美小康路——2020 年中国西部民间工艺主题创作展

《蜀道》
剪纸
115×77cm
陈世云
入选最美小康路——2020 年中国西部民间工艺主题创作展

## 03

织绣（染）

《丹巴姑娘》
蜀绣
81×140cm
郝淑萍
2009年获中国工艺美术"百花奖"（深圳）优秀作品金奖

《秋色高原》
蜀绣
293×130cm
孟德芝
2012 年装饰在人民大会堂全国人大常委会会议厅西大厅

《牡丹孔雀》
蜀绣
93×54cm
郝淑萍
入选四川省文联 2021 年度百家推优

《林泉幽居图》
蜀绣
100×30cm
郝淑萍
入选四川省文联 2017 年度百家推优

《天使在人间》

蜀绣

145×80cm

杨德全

入选最美小康路——2020 年中国西部民间工艺主题创作展

《芙蓉花韵（套）》1
蜀绣
内径 50cm
杨德全
入选四川省文联 2019 年度百家推优

《芙蓉花韵（套）》2
蜀绣
内径 50cm
杨德全
入选四川省文联 2019 年度百家推优

《守望羌山》

羌绣

160×80cm

陈云珍

入选最美小康路——2020年中国西部民间工艺主题创作展

《羌寨风情》
羌绣
200×80cm
杨华娟
入选最美小康路——2020 年中国西部民间工艺主题创作展

《南方丝路图》
蜀锦蜀绣
50×80cm
四川蜀菁文化传播有限公司
获第八届巴蜀文艺奖铜奖

《AI 新锦绣 2020 系列》
蜀锦蜀绣
60×60cm
刘道华
入选四川省文联 2021 年度百家推优

《幽篁里的宝贝》
蜀锦蜀绣
107×168cm
李嫒嫒、刘道华
获第九届巴蜀文艺奖

《AI 新锦绣 (3D)》
蜀锦蜀绣
60×60cm
四川蜀菁文化传播有限公司
获"太阳神鸟杯"天府·宝岛工业设
计大赛金奖

《锦绣熊猫（花格子）》
蜀锦蜀绣
60×40cm
四川蜀菁文化传播有限公司
获中国特色旅游商品大赛铜奖

《龙腾九天》
扎染
152×72cm
张晓平、张颖
入选四川省文联 2020 年度百家推优

《锦江春晓》
蜀锦
168×57cm
胡光俊
入选最美小康路——2020 年中国西部民间工艺主题创作展

## 04

雕塑（刻）

《绿度母》
铜雕
80.5×130×8.8cm
童永全
获第八届巴蜀文艺奖金奖

《乡村戏班》
泥塑
78×35×25cm
李长青
获第九届巴蜀文艺奖

《掏耳朵》
泥塑
20×18×26cm
李长青
入选四川省文联 2019 年度百家推优

《秋荷》
根雕
68×10×90cm
胡国兵
第十五届中国民间文艺山花奖入围作品

《儒释道》

苴却砚

18×18×3cm

16×15×2.6cm

18×15×3cm

曹加勇

获第八届巴蜀文艺奖铜奖

《悠然》
根雕
75×48×32cm
胡国兵
入选四川省文联 2019 年度百家推优

《落子》
土陶
39×30×27cm
王立富
入选四川省文联 2020 年度百家推优

漆
艺

《阿姆扎特》
漆画
60×180×3cm
骆奕沙马
第十五届中国民间文艺山花奖入围作品

《雕银填彩缠枝莲纹天球瓶》
镶嵌漆艺
40×30cm
宋西平、张丹
入选最美小康路——2020年中国西部民间工艺主题
创作展

《生命》
脱胎漆塑
58×34×22cm
尹利萍
入选2017年四川首届漆艺精品展

《玛瑙红雕漆隐花双龙对瓶》
镶嵌漆艺
25×50cm
杨莉尔倩
入选2017年四川首届漆艺精品展

《丝路传友谊》
漆画
300×80cm
杨莉、谷嶙
入选最美小康路——2020 年中国西部民间工艺主题创作展

《敦煌印象》
镶嵌漆艺
120×60cm
司徒华
获第五届中国艺术节银奖

06

竹
编

《苦乐清凉》
竹编
90×54cm
陈云华
获第十一届中国民间文艺山花奖、第八届巴蜀文艺奖·特殊荣誉奖

《太白醉酒图》
竹编
53×102cm
刘嘉峰
获第八届巴蜀文艺奖银奖

07

银花丝

《双耳牡丹花瓶花熏套件》
银花丝
花瓶约 18×12cm、花熏约 15×15cm
道安
获 2018 年中国工艺美术精品展银奖

《海棠花鸟珐琅摆件》
银花丝
约 16×12cm
道安
获 2020 年四川省工艺美术协会金奖

# 后 记

今年是四川省文学艺术界联合会成立七十年的纪念之年，四川省文联党组决定编辑出版《四川文联七十年》丛书以资纪念。丛书由"大事卷""名作卷""'三亲'卷"（亲历、亲见、亲闻）共三卷本组成。

今年初成立了以四川省文联主席陈智林，四川省文联党组书记、副主席邹瑾担任编委会主任，党组副书记刘建刚，党组成员、机关党委书记江永长，党组成员、秘书长仲晓玲为副主任的编委会领导机构，编委会下设丛书分卷编辑部，由省文联理论研究室具体统筹协调编撰工作。理研室主任赵晴、省评协秘书长白浩主持"大事卷"编辑工作，省民协副主席、秘书长黄红军主持"名作卷"编辑工作；文艺资源中心主任邓风主持了"三亲卷"编辑工作。

四月，《四川文联七十年》丛书编辑出版工作在省文联党组领导下有序展开，编委会对丛书总纲、框架、分卷目录、稿件内容等逐一审定，并邀请了我省文艺界相关专家学者共同参与编写。编辑工作得到了省级各文艺家协会和省文联直属事业单位的支持，得到了地方文联组织和文艺工作者的支持。省文联老领导黄启国、蒋东生、平志英等审阅了《大事卷》，给予了指导性意见；廖全京、李明泉、艾莲等专家学者给予了审定意见。

丛书的编辑尊重历史，尊重作者，开放包容又面向未来，做到了突出史料价值和文献价值，又兼顾了学术性、艺术性和可读性。

《四川文联七十年》丛书最终成书，是几代文联人和我省广大文艺工作者共同完成的成果，编委会感谢七十年来为四川文艺事业做出贡献的老一辈文艺家们，特别是对我省文艺大家尤感崇敬！感谢在新时期不忘初心孜孜以求，接力而行坚持为人民而歌的文艺家们！这套丛书既是对四川文联辉煌七十年文艺成果的回顾，也是对当下文艺工作者们的鞭策。

　　回顾历史，继往开来，我们将按照习近平总书记要求，"坚持以人民为中心的创作导向"，坚持"百花齐放、百家争鸣"的文艺方针，不断创作优秀文艺作品，以文艺之光铸时代之魂。

《四川文联七十年》丛书编委会

2023 年 11 月